KB132958

라로슈푸코의 잠언과 성찰

인간의 본성에 대한 풍자

511

라로슈푸코의 잠언과 성찰

RÉFLEXIONS OU SENTENCES ET MAXIMES MORALES

인간의 본성에 대한 풍자 511

라로슈푸코 지음 | 강주헌 옮김

🌱 나무생각

차례

 잠언편

1 ~ 504

 성찰편

우리의 미덕은 대개의 경우 위장된 악덕에 불과하다.

잠언편

마음 속에 세상을 염두에 두지 않는 사람은

크게 잘못 생각하고 있는 것이다.

하지만 자기가 없으면 세상이 제대로 굴러갈 수 없을 것이라 생각하는 사람은

더더욱 잘못 생각하는 것이다.

I 우리가 미덕이라 여기는 것은 우연이나 우리의 간계에서 비롯되는 온갖 행동과 이해 관계의 집합체에 불과하다. 따라서 남자는 대담해서 언제나 용기있게 행동하는 것이 아니며 여자는 조용해서 항상 정숙하게 행동하는 것이 아니다.

2 자존심만큼 위대한 아첨쟁이가 있을까?

3 자존심 강한 나라에서는 누가 무엇을 새롭게 발견
하더라도 더 많은 미지의 땅이 남아 있게 마련이다.

4 자존심은 세상에서 제일가는 모사꾼보다도 뛰어난
모사꾼이다.

5 우리 마음대로 생명을 연장할 수 없듯이 열정도 그렇다.

6 열정은 종종 더할 나위 없이 영리한 사람을 우둔하게 만들고 더할 나위 없이 우둔한 사람을 영리하게 만든다.

7 정치가들은 사람의 눈을 현혹시키는 원대하고 혁혁한 공적을 위대한 계획의 산물처럼 꾸미지만 실제로는 성격과 열정이 빚어낸 결과일 뿐이다. 따라서 아우구스투스와 안토니우스와의 싸움을 사람들은 세계의 패자가 되겠다는 그들의 야심 탓이라 생각하지만 실제로는 질투심의 발로였다.

8 열정이야말로 설득을 그치지 않는 웅변가이다. 열정은 절대적으로 확실한 자연의 법칙과도 같다. 따라서 아무리 단순한 사람이라도 열정이 있다면 열정이 없는 뛰어난 웅변가보다 훨씬 설득력을 발휘할 수 있다.

9 열정에는 불법과 개인적인 욕심이 개입되게 마련이다. 따라서 열정을 무작정 좇는 것은 위험한 짓이다. 열정이 아무리 합리적으로 보이더라도 경계심을 늦추어서는 안 된다.

I O 인간의 마음은 끝없이 열정을 만들어 내는 마르지 않는 샘이다. 따라서 하나의 열정이 사라지면 거의 언제나 또 하나의 열정이 꿈틀대기 시작한다.

I I 열정은 흔히 정반대의 열정을 만들어 낸다. 때때로 탐욕은 방탕을, 방탕은 탐욕을 낳는다. 이처럼 우리는 약하기 때문에 강할 수 있고, 소심하기 때문에 대담할 수 있는 것이다.

I 2 절제와 온유함으로 열정을 감추려 해도 열정은 그 베일을 뚫고 드러나게 마련이다.

I 3 우리의 생각이 비난받을 때보다 우리의 취향이 비난받을 때 자존심은 더 큰 상처를 입는다.

I 4 인간은 은혜를 쉽게 잊고 모욕을 쉽게 잊는 동물이다. 따라서 자신에게 은혜를 베푼 사람까지 미워하고, 모욕을 가한 사람을 미워하지 않게 되는 것이다. 그래서 선에 보답하고 악에 복수하려는 열의가 쉽게 인정하기 힘든 의무처럼 여겨지는 것이다.

15 대개의 경우 왕의 후덕함은 민중에게 사랑받기 위한 정략에 지나지 않는다.

16 미덕이라 일컬어지는 관용은 허영심 때문에 때로는 게으르기 때문에 행해진다. 또한 두려움 때문에 관용을 베푸는 경우도 많다. 하지만 대개의 경우는 이 셋 모두가 복합된 것이라 할 수 있다.

I7 행복한 사람의 겸양은 행운이 그에게 안겨 준 평온함에서 비롯되는 것이다.

I8 행복감에 도취된 사람은 남에게 시기받고 경멸받기 십상이다. 이런 시기와 경멸의 대상이 될지도 모른다는 두려움이 바로 겸양이다. 따라서 겸양은 정신력의 헛된 과시라 할 수 있다. 또한 지극히 높은 위치에 있는 사람의 겸양은 실제보다 더 위대한 사람처럼 보이고 싶은 욕망의 표출이다.

I9 우리는 남의 불행을 보고 참을 수 있을 정도로
강하다.

20 지혜로운 사람의 평상심은 불안감을 가슴 속에
담아 두는 기술에 불과하다.

2I 고문을 당하는 사람은 때때로 침착함을 가장하
며 죽음을 멸시하는 듯한 태도를 취하지만 실제로는 죽
음을 눈앞에 둔 공포심을 드러낸 것에 불과하다. 따라서
눈가리개가 눈을 가리듯이, 죽음을 멸시하고 침착해야
한다는 강박관념이 그의 정신을 짓누르는 것이라 말할
수 있다.

22 철학은 과거의 불행과 미래의 불행을 그럴듯한 이유로 극복하라고 설명하지만, 현재의 불행 앞에서는 아무 말도 못한다.

23 죽음이 무엇인지 아는 사람은 거의 없다. 사람은 대단한 각오로 죽는 것이 아니라 어이없게 그냥 죽는 것이다. 요컨대 대부분의 사람은 죽음을 피할 수 없어 죽는 것이다.

24 위대한 사람들이 오랜 불운으로 인해 맥없이 쓰러질 때 그들을 지탱해 준 것은 야망의 힘이었지 영혼의 힘은 아니었다는 사실은 극명하다. 따라서 위대한 영웅에게서 허영심을 떼어 낸다면 그들도 평범한 사람에 불과하다.

25 행운을 계속 유지하려면 악운에 처한 경우보다도 더 큰 용기가 필요한 법이다.

26 태양을 정면으로 쳐다볼 수 없듯이 죽음도 눈을 똑바로 뜨고 맞을 수는 없다.

27 열정이라면 사악하기 그지없는 열정까지도 자랑스럽게 여길 수 있지만, 시기심은 누구에게도 고백할 수 없는 부끄럽고 창피한 열정이다.

28 질투는 우리의 행운이나 우리의 것이라 생각되는 행운을 지키기 위한 것이기 때문에 나름대로 정당하고 합리적인 것일 수 있다. 하지만 시기심은 다른 사람의 행운까지 탐내는 광기다.

29 우리가 학대받고 미움받는 이유는 우리가 저지른 악행보다 우리의 착한 성품 때문이다.

30 우리에게는 의지만 있는 것이 아니다. 그 이상의 정신력이 있다. 따라서 어떤 일이 불가능하다고 생각하는 것은 우리 자신에게 변명거리를 만들기 위한 핑계일 뿐이다.

31 우리에게 결점이 없다면 다른 사람의 결점을 보고서 그렇게 기뻐하지 않을 것이다.

32 질투는 의혹을 먹고 산다. 의혹이 확신으로 변하면 질투는 깨끗하게 소멸되거나 광기로 변한다.

33 오만은 손해보는 것을 용납하지 않는다. 허영을
버릴지언정 어떤 것도 포기하지 않는다.

34 우리가 오만하지 않다면 다른 사람의 오만함에
불평해 대지 않을 것이다.

35 오만은 만인에게 평등한 것이다. 단지 오만을
다른 사람 앞에 드러내는 수단과 방법이 다를 뿐이다.

36 우리를 행복하게 해주려고 신체 기관을 이렇게 교묘하게 배열한 자연! 우리를 불완전한 존재라는 깨달음의 고통에서 구해 주려고 오만이란 선물까지 준 것이 아닐까?

37 잘못을 저지른 사람들에게 훈계할 때, 그 훈계가 호의적으로 받아들여지는 경우는 드물다. 그것은 인간의 오만 때문이다. 따라서 그들의 잘못을 바로잡으려는 이유도 있지만 우리가 잘못을 저지르지 않을 수도 있다는 것을 그들에게 납득시키기 위해 훈계하는 것이다.

38 우리는 가능성이 엿보일 때 약속을 하고, 마음에 걸리는 일이 있으면 약속을 지킨다.

39 욕심은 못하는 말이 없고 못하는 역할이 없다. 심지어 욕심이 없는 사람의 역할도 해낸다.

40 욕심에 눈이 머는 사람도 있지만 욕심에 새로운 눈을 뜨는 사람도 있다.

4 1   사소한 것에 지나치게 집착하는 사람은 큰일을 못하게 된다.

4 2   우리에게 언제나 이성적으로 생각하고 행동할 힘이 있는 것은 아니다.

4 3   우리는 정해진 길을 따라 걸을 때에도 그 길을 우리가 스스로 선택한 것이라 생각하는 경향이 있다. 따라서 머리는 어떤 목적지를 향해 매진하고 있는 동안에도 마음이 조금씩 우리를 다른 목적지로 끌어가기도 한다.

44 정신력이 강하다거나 약하다는 표현은 올바른
표현이 아니다. 정신력은 신체 기관의 상태에 따라 달라
질 뿐이다.

45 운명의 변덕도 종잡을 수 없지만 우리의 변덕은
그 이상이다.

46 철학자들이 삶에 대해 보여 준 애착이나 무관심은 자존심에 대한 그들의 해석일 뿐이다. 맛에 대한 취향이 다르고 좋아하는 색이 다르듯이 이런 해석의 차이를 두고 왈가왈부할 것이 아니다.

47 우리가 행운으로 얻은 것의 값은 기분에 따라 달라진다.

48 행복은 취향에 있는 것이지 사물에 있는 것이 아니다. 내가 좋아하는 것을 손에 넣으면 그것으로 행복한 것이지, 다른 사람의 눈에 좋아 보이는 것을 손에 넣었다고 행복해지는 것은 아니다.

49 사람은 자신이 생각하는 것만큼 행복한 것도 아니고 불행한 것도 아니다.

50 스스로 재능이 있다고 생각하는 사람은 불행한 것을 명예롭게 생각한다. 자신이 운명의 포로가 될 만큼 대단한 사람인 것을 다른 사람들에게나 자신에게 증명하는 것이라 생각하기 때문이다.

51 과거에 칭찬했던 것을 부인하는 순간만큼 우리 자신에 대한 자부심을 빼앗아 가는 것은 없다.

52 사람들의 운명이 때로는 달라 보이지만 행운과 불운이 교차되면서 모든 운명을 똑같이 만든다.

53 성격이 때로는 커다란 이점이기는 하지만 영웅을 만드는 것은 성격만이 아니다. 성격에 운명이 더해질 때 영웅이 탄생하는 것이다.

54 철학자들이 부귀를 경멸하는 것은 운명이 그들에게서 빼앗아 간 부귀를 경멸함으로써 운명의 부당함에 복수하겠다는 감추어진 욕망의 발로였다. 또한 가난의 초라함을 변명하는 비결이었으며, 그들이 부귀로써 얻지 못한 존경을 세상에서 구하기 위한 책략이었다.

55 사랑받는 사람을 향한 증오는 사랑받고 싶다는 욕망의 증거다. 따라서 사랑받지 못하는 사람은 사랑받는 사람을 경멸함으로써 분노를 조금이나마 달래고 가라앉힌다. 이 때문에 우리는 사랑받는 사람을 존중하지 않지만, 그들을 향한 세상 사람들의 찬사까지 어찌 막을 수 있겠는가!

56 세상에서 한자리를 차지하려면, 세상에서 이미 대단한 존재인 양 보이기 위해 어떤 짓이라도 할 수 있어야 한다.

57 큰일을 해낸 사람이 그 업적을 아무리 뽐내더라도 그 업적은 원대한 이상의 결과가 아니라 우연이 만들어 낸 결과이기 십상이다.

58 우리의 행위에도 행운과 불운이 따르는 듯하다. 실제로 사람들이 우리의 행위에 보내는 칭찬이나 비난의 상당 부분은 행운이나 불운의 몫이다.

59 유능한 사람은 불운이 겹치더라도 상당한 성공을 거두어 내고, 경박한 사람은 행운이 겹치더라도 실패하기 십상이다.

60 행운이 함께하는 사람에게는 모든 것이 유리하게 뒤바뀐다.

61 인간의 행복과 불행은 성격에도 원인이 있지만 운명의 장난도 무시할 수 없다.

62 솔직함은 마음을 그대로 드러내 보이는 것이다. 세상에 진정으로 솔직한 사람은 별로 없다. 우리가 세상에서 흔히 보는 솔직함은 다른 사람에게 신용을 얻고자 하는 교묘한 가면에 지나지 않는다.

63 거짓에 대한 혐오는 우리의 말에 신빙성을 더하고, 우리의 발언을 종교적 교리처럼 존중하게 만들려는 작은 야심이다.

64 진실을 가장한 거짓이 세상에 피해를 주는 만큼 진실이 세상에 이로움을 주는 것은 아니다.

65 세상 사람들은 신중한 태도에 칭찬을 아끼지 않는다. 그러나 우리가 아무리 신중해도 재난을 완전히 피해 갈 수는 없다.

66 유능한 사람은 이득이 되는 것을 질서 정연하게 배열하여 하나씩 순서대로 처리해 나간다. 그런데 탐욕이 그 순서를 깨뜨리면서 우리를 한꺼번에 많은 것에 달려들게 만든다. 이 때문에 우리는 아무런 가치도 없는 것을 탐내어 가장 소중한 것을 놓쳐 버린다.

67 행동에 품위가 있어야 하듯이 생각에는 상식이 있어야 한다.

68 사랑을 정의하기란 쉽지 않다. 기껏해야 이렇게 말할 수 있을 것이다. 영혼의 사랑은 지배의 열정이고 정신의 사랑은 동정이며, 육체의 사랑은 많은 비밀이 있은 후에 사랑의 대상을 소유하려는 은밀하고도 미묘한 욕망일 뿐이다.

69 다른 열정이 섞이지 않은 순수한 사랑이 있다면, 그 사랑은 마음 깊숙이 감춰져 우리 자신도 알지 못하는 사랑일 것이다.

70 진정으로 사랑한다면 사랑은 감추려 해도 오랫동안 감출 수 없는 것이다. 또한 사랑하지 않으면서 오랫동안 사랑하는 체할 수 없는 것이 사랑이다.

71 사랑이 식었을 때 과거에 서로 사랑한 것을 부끄럽게 생각하지 않는 사람은 거의 없다.

72 그저 결과로 사랑을 판단한다면 사랑은 우정보다 오히려 증오에 가깝다.

73 욕정을 느껴 본 적이 없는 여자는 많을 수 있지만, 단 한 번밖에 욕정을 느껴 본 적이 없는 여자는 별로 없다.

74 사랑에는 한 가지 종류밖에 없다. 그러나 사랑을 흉내낸 거짓 사랑은 헤아릴 수 없이 많다.

75 사랑은 불처럼 끊임없이 움직여야 지속될 수 있다. 희망이 사라지거나 걱정이 사라지는 순간 사랑의 생명도 끝나는 것이다.

76 진정한 사랑은 영혼과 비슷한 것이라 말할 수 있다. 모두가 진정한 사랑에 대해 말하지만 진정한 사랑을 본 사람은 거의 없기 때문이다.

77 우리는 남녀 관계에 무작정 사랑이란 이름을 붙여 준다. 하지만 베네치아의 영주가 베네치아의 길거리에서 벌어지는 일에 무관하듯이 진실한 사랑은 세상에서 말하는 사랑과 거리가 멀다.

78 대부분의 사람들에게 정의의 사랑은 부당한 행위를 묵인할 수밖에 없는 두려움의 표현에 지나지 않는다.

79 침묵은 자신 없는 인간이 택하는 가장 안전한 방책이다.

80 우리의 우정이 쉽게 변하는 이유는 영혼의 바탕은 알기 어렵고 정신의 바탕은 알기 쉽기 때문이다.

8I 우리는 우리 자신과 관련된 것이 아니면 어떤 것도 사랑할 수 없다. 우리 자신보다 친구를 더 좋아할 때도 우리 취향대로 행동하고 생각할 뿐이다. 하지만 우리 자신보다 친구를 더 좋아하는 경우에만 진실되고 완전한 우정으로 발전할 수 있다.

82 적과의 화해는 우리의 조건을 더 낮게 만들겠다는 욕망에 불과하다. 그것은 전쟁의 지루함에 지치고 상서롭지 못한 결과를 두려워하는 마음에 지나지 않는다.

83 세상에서 일컫는 우정은 일종의 사교에 불과하다. 이해 관계의 타협이며 일거리의 교환에 불과한 것이다. 요컨대 자존심을 앞세우며 서로 이익을 챙기려 하는 거래에 지나지 않는다.

84 친구에게 배신당하는 것보다 친구를 믿지 않는 것이 더 부끄러운 일이다.

85 우리는 우리 자신보다 더 강한 사람을 좋아한다고 생각한다. 하지만 우정을 낳는 것은 이해 관계일 뿐이다. 우리가 친구에게 헌신하는 것은 그 친구에게 도움을 주기 위한 것이 아니라 그 친구에게 도움을 받기 위함이다.

86 우리의 불신이 상대의 속임수를 정당화시킨다.

87 우리가 서로 속이지 않는다면 사회는 오랫동안
지탱하지 못할 것이다.

88 자존심 때문에 우리가 친구에 대해 갖는 만족감
에 비례해서 친구의 장점이 많아지기도 하고 줄어들기
도 한다. 친구가 우리를 대하는 방식에 따라 우리는 친
구의 가치를 판단한다.

89 세상 사람들 모두가 기억력의 부족에 투덜대지만 판단력의 부족에 대해서는 불평하지 않는다.

90 우리는 장점보다 단점으로 다른 사람들에게 더 큰 즐거움을 준다.

91 꿈꾸던 목표에 도달할 가능성이 완전히 사라진 후에도 실망의 기색을 전혀 비추지 않는 것만큼 커다란 야심은 없다.

92 자기의 재능을 과신하는 사람에게 설교하는 것은 쓸데없는 짓이다. 항구에 들어오는 배가 모두 자기 것이라 믿었던 아테네의 미치광이에게 진실을 말해 주는 것만큼이나 무의미한 짓이다.

93 노인이 좋은 교훈을 주고 싶어하는 것은 이미 나쁜 본보기를 보여 줄 수 없는 지경에 이른 것을 잊으려는 몸부림이다.

94 높은 명예는 그 책임을 감당할 수 없는 사람들을 높이기는커녕 오히려 깎아내린다.

95 비범한 재능을 시샘하던 사람들이 결국에는 그 재능을 찬양하게 된다는 사실을 깨닫는 것이야말로 비범한 재능이다.

96 자신에게 도움을 주었던 사람보다 자신의 배은망덕함에 죄책감을 갖지 않는 사람이야말로 배은망덕한 사람이다.

97 정신과 판단을 별개의 것이라고 생각했기 때문에 우리는 그동안 잘못을 저질러 왔다. 판단은 정신의 빛에서 비롯되는 것이다. 이 빛이 사물의 근본까지 파고들어 인식해야 할 모든 것을 인식하고 눈에 띠지 않는 것까지 찾아냈다. 따라서 우리가 판단의 결과라 생각하는 것도 궁극적으로 정신의 빛에서 비롯된 것이란 사실을 인정해야만 할 것이다.

98 누구나 자신의 마음에 대해서는 좋게 말하지만
정신에 대해서는 누구도 그렇게 말하지 못한다.

99 정신의 품위는 올바르고 아름다운 것을 생각하
는 데 있다.

100 정신의 세련됨은 즐거운 일을 유쾌하게 말
하는 솜씨다.

IOI 오랜 연구가 있어도 가능하지 않은 일이 우리의 정신에 거의 완성된 형태로 떠오르는 경우가 흔히 있다.

IO2 정신은 언제나 감정에 넘어가게 마련이다.

IO3 자신의 정신 세계를 속속들이 아는 사람도 자신의 감정 세계까지 알 수 있는 것은 아니다.

I04 인간과 일은 각기 고유한 관점을 갖는다. 올바른 판단을 위하여 가까이에서 보아야 할 것도 있지만, 멀리 떨어져야만 정확히 판단할 수 있는 것도 있다.

I05 합리적인 사람은 우연히 사물의 이치를 찾아낸 사람이 아니라 사물의 이치를 알고 그것을 판별하며 음미하는 사람이다.

106 사물에 대해 정확히 알려면 세세한 점까지 알아야 한다. 하지만 그 세세한 점은 거의 무한에 가깝기 때문에 우리의 지식은 언제나 피상적이고 불완전할 수밖에 없다.

I07   상대에게 아첨하는 일이 절대로 없다고 일부러 말하는 것 역시 아첨하는 것이다.

I08   정신이 언제까지나 감정의 노예로 있을 수는 없다.

I09   젊은이는 혈기로 취향를 바꾸고 노인은 습관에 눌려 취향을 지킨다.

I I0   누구나 조언은 아끼지 않는다.

111 여자와 사랑이 깊어질수록 증오도 가까워진다.

112 정신의 결점은 얼굴의 주름처럼 나이를 먹어 갈수록 늘어난다.

113 좋은 혼인은 있지만 달콤한 혼인은 없다.

II4 적에게 속고 친구에게서 배신당한 마음을 달래기란 어렵다. 하지만 자신에게 속고 배신당한 것에는 기꺼이 만족하는 것이 사람이다.

II5 눈치채지 않게 남을 속이기가 어려운 만큼 자신도 모르는 사이에 자기 자신을 속이는 일은 쉽다.

116 조언을 구하거나 의견을 구할 때는 누구나 진지하다. 그런데 조언을 구하는 사람은 친구의 감정에 경의를 표하는 듯하지만, 실제로는 친구를 그의 생각에 동의하게 만들어 그의 행동에 대한 책임을 떠넘길 생각 뿐이다. 한편 조언을 하는 사람은 자신의 욕심을 버린 듯한 열정적인 태도로 상대가 그에게 보여 준 신뢰에 보답하려 하지만, 실제로는 조언으로써 자신의 이익과 명예를 높이려는 생각일 뿐이다.

117 상대의 덫에 걸린 척하는 것보다 교활한 술책은 없다. 다른 사람을 속이려 할 때 우리도 그만큼 남에게 쉽게 속을 수 있다.

118 최고의 거짓말은 절대 거짓말하지 않겠다는 결심이다.

I I 9 우리는 다른 사람들에게 거짓된 모습을 보여 주는 습관에 물들어 결국에는 자신의 진실된 모습까지 잊게 된다.

I 2 O 의도한 계획에 따라 배신하는 경우보다 약한 의지력 때문에 배신하는 경우가 더 많다.

I 2 I 우리가 종종 선행을 베푸는 것은 악한 짓을 하더라도 벌받지 않으려는 속셈이다.

I22　우리가 열정을 이겨 낼 수 있는 것은 우리의 강한 의지력 때문이 아니라 약한 열정 때문이다.

I23　자신을 자랑스럽게 생각하지 않는 사람이 어찌 삶을 즐길 수 있겠는가!

I24 빈틈없는 사람이 교활한 술책을 비난하는 척하는 것은 커다란 이익을 챙길 수 있는 절호의 기회를 맞을 때 교활한 술책을 부리려는 것이다.

I25 아무 때나 잔꾀를 부리는 것은 천박한 사람이라는 증거다. 이곳에서는 잔꾀로 천박함을 감출 수 있겠지만 저곳에서는 여지없이 천박함이 드러나게 마련이다.

126 교활한 행동과 배신 행위는 수완의 부족에서 오는 것이다.

127 속임수에 넘어가는 가장 확실한 길은 자신이 누구보다 눈치 빠른 사람이라고 생각하는 오만이다.

128 지나치게 예민한 것이 섬세하다는 뜻은 아니다. 진정한 섬세함은 믿음직한 예민함이다.

I29 단순하게 생각하라! 교활한 사람에게 속지 않는 최고의 방책일 수 있다.

I30 약한 의지력은 누구도 고칠 수 없는 유일한 결점이다.

I3I 사랑에 빠진 여자의 가장 작은 결점은 사랑에 빠진 것이다.

132 다른 사람에게 현명하기는 쉬워도 자기 자신에게 현명하기는 어렵다.

133 훌륭한 모사품만이 원품의 졸렬함을 드러내 준다.

134 갖지 않고서 가진 척하면 세상의 웃음거리가 되어도, 실제로 가진 것 때문에 세상의 웃음거리가 되는 경우는 없다.

I35 우리는 때때로 다른 사람과 다른 것만큼이나 자기 자신과 다른 경우가 있다.

I36 사랑에 관한 이야기를 한 번도 들은 적이 없었더라면 결코 사랑하지 못했을 것 같은 사람이 있다.

137 우리는 거의 언제나 허영의 유혹에 못이겨 말을 하게 된다.

138 우리는 자신에 대해 함구하기보다 흉이라도 보고 싶어한다.

139 합리적이고 유쾌한 대화 상대를 자주 만날 수 없는 이유 중 하나는 대부분의 사람이 상대의 말에 정확히 대답할 생각보다 자신이 말하고 싶은 것을 생각하기 때문이다. 아무리 수완이 좋고 상냥한 사람이라도 상대에게 주의를 주는 듯한 표정을 짓는 것으로 그만이다. 그들의 눈 속에서나 마음 속에서는 상대의 말에 대한 무관심, 자신이 잠시라도 빨리 말꼬리를 잡아야 한다는 조바심이 읽혀진다. 자신의 뜻대로 대화를 끌어간다면 상대에게 대화의 즐거움을 줄 수도 없고 상대를 설득할 수도 없다는 사실을 생각지 않을 뿐 아니라, 상대의 말을 잘 듣고 잘 대답하는 것이 가장 완벽한 대화법이라는 사실을 생각지도 않은 것이다.

I40 재치 있는 사람도 어리석은 사람들이 곁에 없다면 당혹스런 경우가 적지 않을 것이다.

I4I 우리는 홀로 있어도 외롭지 않다고 말하며 흔히 이를 자랑으로 여긴다. 결국 우리는 못난 사람들과 함께 있는 것을 꺼릴 정도로 오만한 존재이다.

I42 몇 마디 말로써 많은 것을 이해시키는 것이 대인大人의 특징이라면, 소인배는 많은 말을 하지만 알맹이가 없다.

I43 우리가 다른 사람의 좋은 점을 지나치게 칭찬하는 것은 그 장점을 귀중하게 생각하기 때문이 아니라 그런 장점을 찾아낸 자신의 감각을 높게 평가하고 싶은 욕심 때문이다. 또한 우리가 상대를 칭찬하는 것은 상대에게 칭찬을 되돌려 받고 싶은 욕심 때문이기도 하다.

144 사람은 남을 칭찬하려고 하지 않는 법이다. 이익이 없으면 누구도 칭찬하지 않는다. 칭찬은 교묘하고도 은밀한 그러면서도 달콤한 아첨이며, 칭찬하는 사람과 칭찬받는 사람을 모두 만족시킨다. 칭찬받는 사람은 칭찬을 자신의 재능의 대가라 생각하고, 칭찬하는 사람은 자신의 공정함과 뛰어난 판단력을 부각시키려 칭찬하는 것이기 때문이다.

I45 우리는 종종 칭찬이란 수법을 통해서 그런 식이 아니면 감히 폭로할 수 없는 그 사람의 결점을 교묘하게 드러낸다. 그것은 이른바 독을 넣은 칭찬이란 것이다.

I46 우리가 다른 사람을 칭찬하는 것은 우리가 칭찬받기 위함이다.

I47 거짓 칭찬보다 유용한 비난을 달갑게 생각할 정도로 현명한 사람은 거의 없다.

I48 칭찬과 다름없는 비난이 있는 반면에 저주와 다름없는 칭찬이 있다.

I49 칭찬을 완곡히 사양하는 것은 다시 칭찬받고 싶은 욕망의 표현이다.

I50 사람들에게 칭찬받을 만한 일을 하려는 욕망이 우리의 덕성을 키워 주는 것처럼 재능과 지혜와 아름다움도 칭찬을 받을수록 더 커진다.

I5I 다른 사람을 지배하는 것보다 다른 사람의
지배에서 벗어나는 것이 더 어렵다.

I52 오만과 교만을 버린다면 우리는 어떤 아첨
에도 흔들리지 않을 수 있다.

I53 누구나 선천적인 재능을 타고나지만 운이
없어 그 재능을 펼쳐 보이지 못하는 것이다.

I54 이성적인 힘으로 바로잡을 수 없는 단점까
지도 행운은 바로잡을 수 있다.

155 재능은 있어도 역겨운 사람들이 있는 반면 많은 단점에도 불구하고 기분 좋은 사람들이 있다.

156 세상에는 터무니없는 일을 그럴듯하게 말하거나 꾸며 대는 재능밖에 없는 사람이 있다. 따라서 이런 사람이 안면을 바꾸는 순간 모든 것이 엉망진창이 되고 말 것이다.

I57 위대한 인물의 진정한 가치를 평가하려면 그 영예를 얻으려고 그가 어떤 수단과 방법을 썼는가에 초점을 맞춰야 할 것이다.

I58 우리에게 허영이 없다면 아첨은 통용될 수 없는 위조지폐에 불과하다.

I59 큰 장점을 가진 것만으로는 부족하다. 그 좋은 재능을 아낄 줄 알아야 한다.

I60 아무리 화려한 결과라도 원대한 계획에 근거한 것이 아니라면 위대하다고 평가할 것은 못 된다.

I6I 행위와 계획 사이에는 조화가 있어야 한다. 그래야 원하는 결과를 손에 넣을 수 있을 것이다.

I62 평범한 재능이라도 제대로 활용한다면 뛰어난 재능보다 훨씬 나은 평판을 받을 수 있다.

I63 어리석기 짝이 없어 보이지만 더할 나위 없이 지혜롭고 견실한 근거가 감추어진 행동이 무수히 많다.

I64 지금 하고 있는 일보다 다른 일을 더 잘 해 낼 것처럼 보이기란 그다지 어렵지 않다.

I65 우리의 가치는 어렵지 않게 성실한 사람들에게 존중받을 수 있지만, 여기에 행운이 더해진다면 대중에게도 존중받게 된다.

166 세상은 인간의 가치 그 자체보다 겉모습을 더 중요시하는 경향이 있다.

167 탐욕의 반대말은 후덕함이라기보다 검약이다.

168 희망은 덧없는 꿈일 수 있지만 우리의 삶을 바람직한 방향으로 끌어가는 원동력일 수도 있다.

I69 게으른 사람과 용기 없는 사람은 의무를 구속이라 생각하지만 성실하고 용기 있는 사람은 의무를 크나큰 영광으로 여긴다.

I70 단정하고 성실하며 정직한 행실이 진심에서 우러난 것인지 꾸민 것인지 판별하기란 쉬운 일이 아니다.

I7I 강이 바다에서 모습을 감추듯이 미덕도 이익 앞에서는 사라져 버린다.

172 권태의 갖가지 결과를 깊이 살펴본다면 권태가 사욕 이상으로 우리에게 의무를 저버리게 만든다는 사실을 알게 될 것이다.

173 호기심에는 여러 종류가 있다. 하나는 사욕에서 비롯되는 호기심으로 우리에게 이익이 되는 것을 찾아가게 만드는 것이며, 다른 하나는 교만에서 오는 호기심으로 다른 사람이 모르는 것을 알고 싶은 호기심이다.

174 장차 일어날지도 모를 불행을 미리 염려하는 것보다 당장의 불행을 참고 견디는 일에 마음을 쓰는 것이 더 낫다.

I75 변함없는 사랑은 끝없는 변덕이라 할 수 있다. 우리는 사랑하는 연인의 온갖 장점들을 앞에 두고 어떤 때는 이런 장점을 어떤 때는 저런 장점을 떠올리며 사랑을 이어 가기 때문이다.

I76 변함없는 사랑에는 두 가지 유형이 있다. 하나는 사랑하는 사람에게서 새로이 사랑할 것을 끊임없이 찾아내는 유형이며, 다른 하나는 체면 때문에 절개와 지조를 지키는 유형이다.

I77 인내는 비난받을 것은 아니지만 칭찬받을
것도 아니다. 구태여 떼어 내거나 애써 구할 필요가 없
는 취향과 감정의 연속에 불과하기 때문이다.

I78 우리가 새로운 친구에게 마음이 끌리는 이
유는 옛 친구에 대한 권태나 무언가 변화를 주고 싶은
욕망 때문이기는 하지만, 오히려 우리를 너무 많이 알고
있는 사람들에게 흡족한 동경을 받지 못하는 것에 대한
불만이 더 크다. 결국 우리를 제대로 알지 못하는 사람
들에게라도 동경을 받아야겠다는 헛된 희망이라 할 수
있다.

I79 우리는 때때로 친구에 대한 불만을 대충 넘겨 버리는 수가 있다. 떳떳지 못한 우리 자신을 미리 정당화하기 위함이다.

I80 우리는 과거의 잘못에 대한 회한으로 뉘우치는 것도 사실이지만 미래의 잘못에 대한 두려움 때문에 뉘우치는 것이라 할 수도 있다.

181 변덕에는 두 가지 종류가 있다. 하나는 다른 사람의 생각을 비판없이 받아들이는 허약한 정신에서 비롯되는 변덕이며, 다른 하나는 조금 나은 것으로 현재의 것에 대한 싫증에서 오는 변덕이다.

182 독약이 치료약으로 사용되듯이 악덕이 미덕에 끼여든다. 재앙이 닥칠 때 이 둘을 적절히 조절해서 대항하기 위해 필요한 것이 바로 신중함이다.

183 미덕이란 이름을 더럽히지 않기 위해서라도 인간에게 최대의 불행은 범죄로 인한 불행이란 사실을 부인해서는 안 된다.

I84 우리의 결점이 다른 사람의 생각에 미치는 악영향을 가감 없이 치유하기 위해서라도 우리의 결점을 인정해야 한다.

I85 선의 세계에 영웅이 있듯이 악의 세계에도 영웅이 있는 법이다.

I86 악한 사람이라고 모두 경멸받는 것은 아니다. 하지만 조금도 미덕을 갖추지 못한 사람은 예외 없이 경멸받는다.

I87 미덕도 사악한 생각 못지않게 개인적 이익을 얻는 데 도움이 된다.

188 영혼의 건강은 육체의 건강보다 더 믿을 것이 못된다. 건강할 때 병에 걸리듯이 우리가 욕정을 아무리 멀리하는 것처럼 보여도 욕정에 무너질 위험이 없는 것은 아니다.

189 자연의 법칙처럼 사람의 미덕과 악덕에는 한계가 있는 듯하다.

190 커다란 결점은 위대한 사람만의 전유물이다.

191 악덕은 우리가 삶의 여정에서 빠짐없이 거쳐 가야 하는 여인숙에 비유된다. 우리가 똑같은 삶을 두 번 살더라도 악덕을 하나라도 피해갈 수 있을지 의문이다.

192 우리는 본인의 의지로 악덕을 떨쳐 냈다고 자랑하지만 실제로는 악덕이 우리를 버린 것이다.

193 육체의 병과 마찬가지로 영혼의 병도 재발하는 수가 있다. 우리는 나았다고 생각하지만 대개의 경우는 일시적인 진정에 지나지 않는다. 아니면 병세가 달라졌을 뿐이다.

194 영혼의 결함은 몸의 상처와 비슷한 것이다. 따라서 아무리 없애려 애쓰더라도 언제든지 그 상처가 다시 입을 벌릴 수 있어 그 흔적을 완전히 없앨 수는 없는 듯하다.

195 사람이 하나의 결함만을 가질 수 없는 이유는 많은 결함이 있기 때문이다.

196 내 결점을 아는 사람은 나밖에 없기 때문에 우리는 우리의 결점을 쉽게 잊고 사는 것이다.

197 악한 일을 저지르는 것을 보기 전에는 악한 사람이라고 도저히 믿기지 않는 사람이 있다.

198 우리에게는 한 사람의 명예를 추켜세워 다른 사람의 명예를 깎아내리는 습성이 있다. 콩데 공公과 튀렌 원수의 경우만 하더라도 두 사람 중 하나를 깎아내리고 싶지 않았다면, 그들을 추켜세우지도 않았을 것이다.

199 능력있는 사람처럼 보이고 싶은 욕망 때문에 능력을 제대로 발휘하지 못할 경우가 많다.

200 허영이라는 동반자가 없었다면 미덕이 이처럼 칭찬받지는 못할 것이다.

2OI 마음 속에 세상을 염두에 두지 않는 사람은 크게 잘못 생각하고 있는 것이다. 하지만 자기가 없으면 세상이 제대로 굴러갈 수 없을 것이라 생각하는 사람은 더더욱 잘못 생각하는 것이다.

2O2 거짓된 군자는 자신의 결점을 다른 사람에게만이 아니라 자신에게도 감추는 사람이며, 참된 군자는 자신의 결점을 철저히 알고 고백하는 사람이다.

2O3 참된 군자는 자랑삼는 일이 없는 사람이다.

204 여자의 차가움은 아름다운 얼굴에 더해지는 단장이며 화장이다.

205 여자의 정절은 세상에서 정숙한 여인으로 평가받거나 집에서 편히 쉬고 싶은 욕망의 표현이다.

206 성실한 사람들에게 끊임없이 주목받고 싶어 하는 사람이야말로 진정으로 성실한 사람이다.

207 우리는 평생동안 어리석은 행동이나 생각을 떨쳐 낼 수 없다. 그래도 지혜로워 보이는 사람이 있는 것은 어리석음이 연령과 운에 비례하기 때문이다.

208 자신이 어리석은 사람인 것을 알고 그 어리석음을 교묘하게 이용하는 사람들이 있다.

209 절도있게 살아가는 사람이라고 반드시 현명한 것은 아니다.

210 사람은 나이를 먹어 가면서 어리석어지기도 하고 반대로 지혜로워지기도 한다.

2 I I 세상에는 순식간에 사라지는 유행가와 같은
사람이 있다.

2 I 2 대개의 경우 세상은 사람을 인기나 행운으
로 평가한다.

2 I 3 명예를 사랑하는 마음, 부끄러움을 두려워
하는 마음, 재산을 축적하려는 계획, 안락하고 편안한
삶을 살려는 욕망, 심지어 남을 깎아내리는 시기심도 세
상 사람들에게 갈채받는 용기라는 것의 근원이다.

2 I 4 힘없는 병사들에게 용기는 호구지책으로 떠
맡은 위험한 직업이다.

2I5 완전한 용기와 처절한 비굴은 인간이 거의 도달하기 힘든 두 극한점이다. 이 둘 사이의 간격은 너무나 크기 때문에 온갖 형태의 용기가 난무하고, 그 용기들은 얼굴 모습이나 성격의 차이만큼 각양각색이다. 어려움이 닥치면 처음에는 기꺼이 몸을 내던지지만 어려움이 길어지면 진절머리를 내면서 용기를 꺾어 버리는 사람이 적지 않다. 또한 세상 사람들이 칭찬하면 거기에 만족해 버리는 사람도 있다. 두려움을 한결같은 자세로 이겨 내지 못하는 사람도 눈에 띠고, 엉겁결에 세상의 두려움에 휩쓸려 들어가는 사람도 있다. 또한 자신의 자리를 지켜 낼 용기가 없어 다른 일을 떠맡는 사람도 있다. 반면에 작은 어려움들을 이겨 내며 용기를 키워 가는 사람이 있다. 칼을 휘두르는 데는 용감하지만 총격전에는 겁을 집어먹는 사람도 있다.

거꾸로 총격전에는 자신만만하지만 칼싸움을 두렵게 생각하는 사람도 있다. 밤은 두려움을 더해 주지만 용감한 행동과 비겁한 행동을 감춰 주기 때문에 어둠 속에서는 몸을 아끼면서 행동할 수 있다는 점에서 이처럼 용기가 온갖 유형으로 과시될 수 있는 것이다. 그런데 사람들에게 몸을 아끼게 만드는 것이 하나 더 있다. 절대 죽을 염려가 없다는 것을 알고 있다면 무슨 일이든 해내는 사람도 그렇지 않은 경우에는 멈칫거리게 마련이다. 요컨대 죽음의 두려움이 용기에서 무엇인가를 빼앗아 간다는 것은 부인할 수 없는 사실이다.

216 완전한 용기란 모두가 보는 앞에서 할 수 있는 것을 아무도 보지 않는 곳에서도 해낼 수 있는 힘이다.

217 불굴의 용기는 위험한 상황에 닥친 마음의 혼돈과 동요을 이겨 내고 감정을 추스를 수 있는 영혼의 비상한 힘이다. 이런 힘으로 영웅들은 언제나 평상심을 유지하며, 어떤 놀라운 일이나 끔찍한 일이 벌어지더라도 합리적 판단력을 잃지 않는다.

218 위선이란 악이 미덕에 바치는 찬사다.

219 대부분의 사람이 전쟁에 참전하며 명예를 지키려 하지만, 원대한 계획을 성공적으로 이끄는 데 필요한 위험을 무릅쓰는 사람은 거의 없다.

220 허영심과 체면, 특히 타협은 남성을 용기 있는 사람으로 만들고 여성을 후덕한 사람으로 만든다.

221 목숨을 버리고 싶은 사람은 거의 없는 반면에 명예를 바라지 않는 사람은 없다. 바로 이런 이유로 용기 있는 사람이 죽음을 피해 가는 수완과 지혜는 재산을 놓치지 않으려고 소송을 일삼는 사람의 그것에 비할 바가 아니다.

222 노화가 시작되는 연령에서 몸이나 정신의 기력이 쇠퇴해 가는 징조를 보이지 않는 사람은 거의 없다.

223 　은혜에 대해 감사하는 마음은 상인의 성실성에 비유된다. 감사할 때 자신과 상대를 이어 주는 끈이 유지되는 법이다. 예컨대 빚을 갚는 것이 당연하기 때문에 빚을 갚는 것이 아니다. 다음에 좀더 쉽게 돈을 빌리기 위한 방책인 것이다.

224 　은혜를 갚는 의무를 다한 사람이라고 그들 모두가 은혜를 아는 사람이라 단정지어 말할 수는 없다.

225 　은혜를 베풀었으니 그에 합당한 감사를 받게 되리라는 생각이 종종 기대에 어긋나는 까닭은, 주는 사람의 오만과 받는 사람의 오만이 은혜의 가치를 똑같이 생각지 않기 때문이다.

226 　너무 성급하게 은혜를 갚으려고 하는 것도 일종의 배은망덕이다.

227 행복한 사람은 좀처럼 자신의 결점을 고치지 못한다. 행운이 그들의 잘못된 행실까지 무마해 주고 있어 언제나 그들이 옳다고 생각하기 때문이다.

228 오만은 빚지고 싶어하지 않는 반면에 자존심은 빚진 것을 인정하고 싶어하지 않는다.

229 우리는 누군가에게 도움을 받으면 그가 설사 잘못을 저지르더라도 너그러운 눈으로 보려 한다.

230 본보기처럼 사람에게 잘 옮는 것은 없다. 우리가 크고 작은 선행과 악행을 저지를 때마다 다른 사람이 우리를 따라할 것이란 사실을 명심해야 한다. 우리는 경쟁심으로 선행을 모방하고, 내면에 잠재된 악한 심성으로 악행을 모방한다. 하지만 우리는 수치심에 그런 악행을 감추고 본보기를 핑계로 죄의식에서 벗어나려한다.

231 혼자서만 지혜롭게 처신하려는 것만큼 어리석은 짓은 없다.

232 깊은 상심에 어떤 구실을 붙이더라도 그런 구실은 욕심과 허영심에 지나지 않는다.

233 슬픔 속에는 온갖 위선이 감춰져 있다. 예컨대 우리는 소중한 사람의 죽음을 슬퍼하며 눈물을 흘리지만, 실제로는 우리 자신을 한탄하며 눈물을 흘린다. 그 소중한 사람이 우리에게 베풀어 주던 호의가 영원히 사라진 것을 안타까워하는 것이다. 그 사람의 죽음으로 인해 우리의 행복과 즐거움이 줄어든 것을 한탄하며 눈물을 흘리는 것이다. 따라서 죽은 사람은 살아 있는 사람들을 위해 흘리는 데 지나지 않는 눈물을 나누어 받는 데 불과하다. 내가 이런 슬픔을 일종의 위선이라 말하는 까닭은 우리가 슬픔이란 가면으로 우리의 속내를 감추기 때문이다. 그런데 세상에는 또 하나의 위선이 있다. 세상 사람들 모두가 이런 위선의 탈을 쓰고 있기 때문에 결코 달갑지 않은 위선이다. 고통을 아름다운 불멸의 것으로 가꾸고 싶어하는 일부 사람들이 보여 주는 슬픔이 바로 그것이다. 이런 사람들은 슬픔의 원인이 완전히 사라지기에 충분한 시간이 지난 후에도 줄기차게 울어 대고 탄식하며 끝없이 한숨을 뱉어 낸다. 마침내 그들은 누가 보아도 슬픔에 짓눌린 배우처럼 변해서 그들이 세

상을 떠날 때에나 그 슬픔이 사라질 것이라며 세상 사람들에게 동정을 사려 한다. 이런 서글픈 허영심은 야심찬 여성에게서 주로 찾을 수 있다. 삶의 화려한 길로 내달을 수 없는 여자로 태어난 탓에 상심한 모습으로라도 세상의 이목을 끌어보려는 것이다. 그런데 정반대로 쉽게 말라 버리는 눈물이 있다. 다정다감한 사람이라는 평판을 얻으려는 욕심에 흘리는 눈물이 그것이다. 결국 동정받기 위해 우는 것이고, 상대의 눈물을 끌어 내려 흘리는 눈물이다. 그리고 울지 않는 것이 부끄럽기 때문에 흘리는 거짓 눈물이다.

234 　모두가 인정하고 있는 의견까지 고집스레 반대하는 것은 지혜가 부족하기 때문이 아니라 오만 때문이다. 달리 말하면 닭의 머리가 될지언정 용의 꼬리는 되고 싶지 않은 것이다.

235 　친구의 불행이 그에게 우리의 우정을 과시할 기회가 된다면 그것으로 우리는 쉽게 마음의 위안을 얻는다.

236 우리가 다른 사람들을 위해 일할 때 자존심조차 호의적 행동에 속아 망각의 늪에 빠지는 듯하다. 그러나 이 방법이 자존심의 목표에 도달할 수 있는 가장 확실한 길이다. 베푼다는 핑계로 높은 이자를 요구해서 마침내는 빈틈없이 교묘한 수단으로 천하를 손에 넣을 수 있기 때문이다.

237 때때로 냉혹한 결정을 내릴 수 없다면 세상 사람들에게 친절한 사람이라 칭송을 받을 자격이 없다. 다른 의미에서 친절은 게으름이거나 박약한 의지에 지나지 않기 때문이다.

238 사람들에게 무작정 선행을 베푸는 것도 그들에게 피해를 끼치는 악행만큼이나 위험한 짓이다.

239 위대한 사람에게 신뢰를 받는 것처럼 우리의 오만을 부채질하는 것은 없다. 우리는 그런 신뢰를 재능의 대가라 생각하기 때문이다. 우리는 그 신뢰가 허영심의 발로이거나, 비밀을 덮어두지 못하는 허약함에서 오는 것이란 사실을 깨닫지 못한 때문이기도 하다.

240 아름다운 사람에게서 느껴지는 즐거움은 어떤 법칙으로도 설명할 수 없는 균형감이라 말할 수 있을 것이다. 또한 전체적인 윤곽, 선과 색, 선과 그 인물의 외관에서 찾아지는 비밀스런 관계라고 말할 수도 있을 것이다.

241 애교는 여자의 본성이다. 그러나 모든 여자가 애교 있게 행동하는 것은 아니다. 두려움과 이성의 힘으로 그 본성을 억누르는 여자가 적지 않다.

242 우리는 다른 사람을 절대 방해하지 않겠다고 결심할 때 곧잘 그들을 방해하게 된다.

243 그 자체로 불가능한 일은 거의 없다. 불가능하게 보이는 일을 성취하겠다는 열의가 그 수단 이상으로 부족할 뿐이다.

244 최고의 재능은 사물의 가치를 올바로 평가하는 것이다.

245 자신의 재능을 감출 줄 아는 재능이야말로 최고의 재능일 것이다.

246 너그러워 보이는 행동이나 말은 작은 이익을 버리고 큰 이익을 얻으려는 위장된 야심에 지나지 않는다.

247 많은 사람들이 성실하게 보이지만 그런 성실함은 다른 사람들에게 신뢰를 얻으려는 자존심의 조작에 지나지 않는다. 달리 말하면 다른 사람들을 우리 눈 아래에 두고 가장 중요한 것을 손에 넣으려는 술책인 것이다.

248 아량은 일체를 경멸함으로써 일체를 얻고자 하는 것이다.

249 웅변은 언어를 선택하는 데에도 있지만, 동시에 말하는 사람의 억양, 눈 그리고 얼굴의 모습에도 있는 것이다.

250 진정한 웅변은 말해야 할 것, 오직 말해야 할 것만을 말하는 데에 있다.

251 결점을 그럴듯하게 감추는 사람이 있는 반면에 장점조차 제대로 발휘하지 못하는 사람도 있다.

252 취향이 변하는 것은 흔히 있는 일이지만, 기본적인 성격까지 변하는 경우는 거의 없다.

253 미덕이나 악덕 모두 이해 관계에 따라 생겨난다.

254 　겸양은 다른 사람을 감화시킬 속셈을 감춘 거짓 순종에 지나지 않는다. 달리 말하면 스스로 높이기 위해 스스로를 낮추는 오만한 자의 상습적 수단이다. 오만은 온갖 형태로 표현될 수 있지만 겸양의 탈로 감추는 방법만큼 다른 사람들을 효과적으로 속일 수 있는 방법은 없다.

255 　모든 감정은 고유한 색과 형태를 갖는다. 어떻게 짝지어지느냐에 따라서 감정 표현은 상대에게 즐거움을 주기도 하고 거꾸로 불쾌감을 주기도 한다.

256 어떤 세계에 있더라도 우리는 그럴듯한 표정을 꾸미면서 상대에게 우리의 심정을 이해시키려고 한다. 따라서 세상은 온통 꾸민 표정으로 이루어져 있다고 해도 과언이 아니다.

257 엄숙한 태도는 정신의 결점을 감추려고 꾸민 육체의 미스터리이다.

258 훌륭한 취향은 재주에서 비롯된다기보다 판단력의 산물이다.

259 사랑의 즐거움은 사랑하는 행위 자체에 있지만 우리는 상대에게 열정을 쏟을 때보다 열정을 몸에 그대로 간직할 때 더 행복한 법이다.

260 예절바르게 행동하는 것은 다른 사람에게 정중히 대접받기 위한 욕망의 표현이며, 또한 예절바른 사람으로 평가받고 싶은 욕망의 표현이기도 하다.

261 세상이 청년에게 주는 교육은 제2의 자존심을 그들의 마음 속에 불어넣는 것이다.

262 사랑할 때보다 자애自愛가 우리를 강력하게
지배하는 때는 없다. 따라서 우리의 평정심을 기꺼이 포
기하여 상대의 평정심을 희생시키기 십상이다.

263 흔히 적선이라 이름 붙여지는 행위는 누군
가에게 베푼다는 허영심의 표현에 지나지 않는다.

264 연민은 다른 사람의 불행에서 우리 자신의 불행을 비춰 보는 감정의 표현이다. 언젠가 우리에게 닥칠지도 모를 불행을 미리 경계하는 마음인 것이다. 결국 우리가 다른 사람을 돕는 것은, 우리가 비슷한 어려움에 처했을 때 그들에게 도움을 청하기 위한 계산된 행동이다. 엄격히 말해서 우리가 다른 사람에게 베푸는 도움은 언젠가 되돌려 받기 위한 선행인 셈이다.

265 편협한 생각이 옹고집을 낳는다. 그런데 우리는 눈에 보이지 않는 것을 쉽게 믿지 않는다.

266 대망大望이나 사랑처럼 격렬한 열정으로 다른 모든 열정을 이겨 낼 수 있으리라 생각한다면 커다란 착각이다. 게으름은 무척이나 시들해 보이지만 게으름에 대한 열정을 이겨 내는 사람은 거의 없다. 게으름은 삶을 꾸려가는 데 필요한 온갖 계획과 행위를 파괴시킬 뿐 아니라 다른 모든 열정과 미덕까지도 조금씩 갉아먹어 소멸시킨다.

267 충분히 살펴보지도 않고 어떤 행위를 쉽게 악이라 판단하는 조급함은 오만과 게으름에서 오는 것이다. 죄인을 찾아내고는 싶지만 정작 그 범죄에 대해 자세히 조사하는 수고는 피하고 싶은 것이다.

268 우리는 사소한 문제로 재판관을 거부하고 비난한다. 시기심이나 선입견으로 혹은 무지한 탓에 우리의 뜻에 반대하는 사람들을 심판할 때 우리의 명성과 명예가 높아진다고 믿기 때문이다. 결국 우리가 온갖 수단을 동원해 평정심을 유지하며 목숨까지 내거는 것은 재판관들로 하여금 우리에게 유리한 판결을 내리도록 하려는 몸부림이다.

269 아무리 빈틈없는 사람이더라도 자신이 저지른 악행을 모두 알고 있지는 못하다.

270 이미 손에 넣은 명예는 앞으로 명예롭게 처신해야 한다는 담보물이다.

271 젊음은 언제나 취해 있는 상태를 뜻한다. 즉 이성의 열병이다.

272 커다란 칭찬을 받아 마땅한 사람이라도 사소한 일로 자화자찬을 한다면 모두에게 경멸의 눈총을 받아야 할 것이다.

273 세상에서 널리 인정하지만 삶을 교활하게 살아가는 재주밖에 없는 사람이 있다.

274 사랑에서 아름다운 새 옷은 과일 위에 놓인 꽃과 같은 것이다. 사랑은 새 옷에 빛을 주지만 그 빛은 속절없이 지워지며 영원히 돌아오지 않는다.

275 예민한 감수성을 자랑으로 삼는 아름다운 성품도 조그만 이익 앞에서는 매몰차게 변할 수 있다.

276 바람에 촛불은 꺼지고 큰 불은 더욱 커지듯 이 눈앞에 없는 것은 작은 열정을 지워 버리고 큰 열정 을 더욱 키워 준다.

277 여자는 사랑을 하지 않을 때에도 사랑을 하고 있다는 착각에 종종 빠진다. 소설과 현실의 혼동, 남자의 친절에 울렁대는 가슴, 사랑을 받고 싶은 욕망, 사랑의 구애를 거절하는 괴로움 등으로 인해 여자는 애교를 부리는 것만으로 사랑하고 있다는 착각에 빠진다.

278 우리가 중재자들에게 불만을 품는 이유는 그들이 협상의 성공을 위해서 친구의 이익까지 도외시하기 때문이다. 게다가 협상의 성공으로 그들이 맡겨진 일을 완벽하게 수행해 냈다는 찬사까지 받기 때문이다.

279 친구가 우리에게 품고 있는 호의를 지나치게 과장하는 것은 감사하는 마음이라기보다 우리가 감사할 줄 아는 사람인 것을 널리 알리고 싶은 욕심 때문이다.

280 우리가 출세한 사람을 칭찬하는 것은 출세한 사람들에게 품고 있는 비밀스런 시기심의 발로라 할 수 있다.

281 오만은 시기심을 불러일으키기도 하지만 때로는 시기심을 억누르는 역할도 한다.

282 그 거짓말에 속지 않는 것이 잘못된 판단이라고 착각할 정도로 진실을 교묘하게 위장한 거짓말이 있다.

283 냉정하게 자신을 돌아보는 것만큼이나 다른 사람의 좋은 충고를 받아들이는 것도 현명한 일이다.

284 선한 구석이라곤 조금도 없지만 생각만큼 위험하지 않은 악인이 의외로 많다.

285 너그러움이란 누구나 그 뜻을 짐작할 수 있는 단어지만, 다른 사람들에게 찬사를 받을 수 있는 가장 고결한 방법으로 오만의 수법이기도 하다.

286 진실로 끝난 사랑을 다시 시작한다는 것은 불가능하다.

287 한 가지 일에 여러 가지 해결책을 찾아내는 능력은 칭찬해야 하겠지만, 다른 관점에서 보면 우리의 상상력에 떠오르는 모든 것을 차단시켜 최선의 해결책을 찾아내지 못하는 냉철한 판단력의 부족을 보여 주는 증거이기도 하다.

288 치유책이 오히려 문제를 악화시키는 경우가 없지 않다. 따라서 치유책을 쓰는 것이 위험할 수도 있는 때를 식별하는 능력이야말로 최고의 능력이라고 할 수 있다.

289 순진한 체하는 것은 곰살맞은 속임수다.

290 머리보다 가슴에 더 많은 결점이 있다.

291 장점은 언젠가 활짝 꽃피울 때가 오는 법이다.

292 건물의 모습처럼 인간의 성격도 제각각이라
할 수 있다. 바람직한 성격도 있지만 불쾌감을 주는 성
격도 있다.

293 절제는 야심과 싸워서 야심을 억누를 수 없
다. 절제와 야심은 양립 불가능한 것이다. 절제가 영혼
의 무력하고 게으른 면이라면 야심은 영혼의 역동적이
고 활기찬 면이기 때문이다.

294 우리를 칭찬하는 사람이라면 우리는 그들
모두를 사랑한다. 하지만 우리가 칭찬하는 사람이라고
그들 모두를 사랑하는 것은 아니다.

295 우리 안에 내재된 모든 의지를 안다는 것은 어림없는 일이다.

296 존경하지 않는 사람을 사랑하기란 어렵다. 또한 우리가 존경받는 이상으로 우리가 훨씬 존경하는 사람을 사랑하기도 쉬운 일은 아니다.

297 몸의 체액들은 일정한 규칙에 따라 분비되고 흐르면서 우리의 의지를 죽이거나 그 방향을 바꾸게 만든다. 체액들은 한꺼번에 움직이면서 우리에게 끊임없이 영향을 미친다. 따라서 체액들은 우리의 모든 행위에서 커다란 몫을 차지하지만 우리는 그런 낌새를 전혀 눈치채지 못한다.

298 감사의 표현은 더 큰 은혜를 받고 싶은 은밀한 욕망을 드러낸 것에 불과하다.

299 거의 모든 사람이 조그만 의무를 떨쳐 내고는 기뻐한다. 이처럼 작은 것에는 감사할 줄 아는 사람이 많지만 큰 은혜에는 의리를 저버리지 않는 사람이 거의 없을 지경이다.

300 어리석음은 전염병과도 같은 것이다.

301 재물을 경멸하는 사람은 많지만 재물을 가난한 사람에게 나눠 주는 사람은 거의 없다.

302 우리는 조그만 이익이 걸린 일에서나 겉모습을 믿지 않는 용기를 보인다.

303 입에 침이 마르도록 우리를 칭찬해 대는 사람에게서는 새로이 배울 것이 없다.

304 우리는 우리를 괴롭히는 사람은 쉽게 용서하지만 우리가 괴롭히는 사람까지는 쉽게 용서하지 않는다.

305 이익 추구가 모든 범죄의 원인이라 비난하지만, 때로는 우리에게 선행을 베풀게 하므로 반드시 나쁜 것이라 말할 수는 없다.

306 누구나 선행을 베푼다면 이 세상에 은혜를 모르는 사람은 없을 것이다.

307 다른 사람에게 엄격한 것은 우스꽝스런 짓이지만 자신에게 엄격한 것은 칭찬받을 짓이다.

308 세상이 절제를 미덕으로 삼은 것은 위대한 사람의 큰 꿈을 제한하고, 별다른 재주도 없지만 행운까지 따라 주지 않는 보통 사람들을 위로하기 위한 것이다.

309 운명적으로 우둔한 사람으로 태어난 사람이 있다. 잘못된 선택으로 우둔한 짓을 하기도 하지만 운명 까지도 그들에게 우둔한 짓을 하도록 만든다.

310 삶을 살아가는 과정에서 뜻하지 않은 사고 가 없을 수 없다. 이런 난관을 헤쳐 나가려면 약간의 광 기가 필요하다.

311 어리석은 면을 결코 드러내지 않는 사람이 있는 것은 우리가 그 어리석은 면을 구태여 찾아내려 하 지 않았기 때문이다.

312 사랑하는 두 남녀가 함께 있는 것을 조금도 지루해하지 않는 것은 자나깨나 그들에 대한 이야기만 나누기 때문이다.

313 우리는 지난 날에 겪은 일들을 사소한 것까지 기억하는 놀라운 기억력을 지니고 있지만, 한 사람에게 같은 이야기를 몇 번이나 했는지는 기억하지 못하는 이유가 무엇일까?

314 우리는 우리 자신에 대해 이야기를 나눌 때 한없는 즐거움을 느낀다. 그 때문에 우리의 이야기를 듣는 사람에게 똑같은 즐거움을 주지 못할까봐 걱정하는 것이다.

315 우리가 친구에게도 속내를 시원하게 털어놓지 못하는 것은 그 친구를 완전히 믿지 못하는 이유도 있지만 우리 자신을 스스로 믿지 못하기 때문이다.

316 심약한 사람은 정직할 수 없다.

317 은혜를 모르는 사람에게 은혜를 베푸는 것은 큰 불행이라 할 수 없지만, 부정직한 사람에게 도움을 받는 것은 견디기 힘든 불행이다.

318 광기를 치유하는 방법은 많지만 비뚤어진 마음을 바로잡을 방법은 전혀 없다.

319 친구나 은인의 결점을 조금도 개의치 않고 말해 버린다면 그들에 대해 품고 있는 좋은 감정이 오랫동안 지속될 수는 없을 것이다.

320 권력자가 지니지 못한 미덕을 이유로 권력자를 찬양하는 것은 아무런 뒤탈 없이 권력자를 욕할 수 있는 최고의 방법이다.

321 우리가 바라는 것 이상으로 우리를 사랑하는 사람보다 우리를 미워하고 있는 사람을 우리는 더 사랑하는 듯하다.

322 경멸받는 것을 두려워하는 사람은 경멸받아 마땅한 사람이다.

323 우리의 지혜는 재물과 마찬가지로 운명의 덕이다.

324 질투의 원인은 사랑이 아니라 자존심이다.

325 이성의 힘으로 불행을 이겨 내지 못할 때 우리는 허약함을 탓하며 위안으로 삼는다.

326 불명예보다 어리석은 행실이 우리 명예를 더 손상시킨다.

327 우리가 작은 결점을 인정하는 것은 더 큰 결점을 감추기 위한 고육지책이다.

328 시기심은 증오보다 달래기 힘든 것이다.

329 우리는 아첨을 증오한다고 생각하지만 실제로는 아첨하는 방법을 증오할 뿐이다.

330 사랑하는 만큼 용서하는 법이다.

331 사랑하는 여인에게 시달림을 받을 때보다 다정하게 지낼 때 그 여인에게 충실하기가 더 힘들다.

332 자신의 매력을 속속들이 알고 있는 여자는
없다.

333 여자는 죽도록 미워하는 남자가 아니면 누
구도 매몰차게 대하지 않는다.

334 가슴 속의 열정을 억누르는 여자라도 남자
에게 잘 보이고 싶은 마음까지는 억누르지 못한다.

335 사랑에서는 속임수가 언제나 경계심을 이기는 법이다.

336 진정으로 뜨거운 사랑에는 질투심마저 끼여들 여지가 없다.

337 우리에게는 느낌이라는 훌륭한 능력이 있다. 이런 능력을 완전히 상실한 사람들은 그 능력이 무엇인지도 모르고 그 능력의 가치를 이해조차 못한다.

338 증오심이 너무 심해지면 그 증오심 때문에 우리가 증오하는 사람보다 못한 사람이 된다.

339 행복과 불행의 크기는 자존심의 크기에 비례한다.

340 여자에게 지혜는 이성보다 광기를 키워 줄 뿐이다.

341 젊은이의 지나친 열정도 삶에 별다른 도움이 되지 않지만 노인의 무력증은 더더욱 큰 문제다.

342 고향 말은 머리에서나 가슴에서나 결코 기억에서 지워지지 않는다.

343 위대한 인물이 되고자 한다면 어떤 운명이라도 유리한 방향으로 이용할 수 있어야 한다.

344 우리도 나무처럼 감춰진 특성이 있으며, 그 특성은 아주 우연히 드러날 뿐이다.

345 다른 사람에게 우리를 알리는 기회는 우리 자신에 대해 좀더 깊이 알 수 있는 기회이기도 하다.

346 성격에 맞지 않는 규칙이라면 여자는 머리로나 가슴으로 그 어떤 규칙도 인정하지 않는다.

347 우리는 생각을 같이하는 사람만을 상식 있는 사람으로 인정한다.

348 사람은 사랑에 빠질 때 가장 믿는 것마저도 의심하는 경향이 있다.

349 사랑의 가장 커다란 기적은 여자의 애교병을 치유한다는 것이다.

350 우리에게 교묘한 술책을 꾸미는 사람들에게 격렬한 분노를 느끼는 이유는 그들이 우리보다 유능하다고 생각하기 때문이다.

351 서로 사랑하지 않게 되었을 때도 인연을 끊기란 쉬운 일이 아니다.

352 권태를 느껴서는 안 될 사람에게 권태가 가장 빨리 느껴지는 법이다.

353 성실한 사람은 미친 듯이 사랑할 수는 있어도 바보처럼 사랑하지는 않는다.

354 어떤 결점은 잘 활용하면 장점처럼 밝게 빛
날 수 있다.

355 유감스럽게 생각하지만 깊은 슬픔에 젖을
정도는 아닌 사람의 죽음이 있는 반면에 안타깝게 생각
하지는 않지만 우리를 깊은 슬픔에 젖게 만드는 사람의
죽음이 있다.

356 우리는 우리를 공경하는 사람만을 진심으로
칭찬할 뿐이다.

357 편협한 사람은 작은 일에 깊이 상심한다. 한편 너그러운 사람은 사소한 일이라도 놓치지 않지만 그 때문에 상심하지는 않는다.

358 겸손은 기독교에서 가르치는 진정한 미덕이다. 겸손이 없다면 우리는 하나의 결점도 고치지 못할 것이다. 교만은 다른 사람에게만이 아니라 우리 자신에게도 우리의 결점을 감추며 이를 덮어 버린다.

359 부정不貞이 사랑의 불씨를 꺼뜨린다. 질투할 이유가 있어도 질투해서는 안 된다. 질투 따위는 생각지도 않는 사람만이 질투받아 마땅할 뿐이다.

360 사람들은 사소한 피해를 입은 사람 앞에서는 머리를 조아리고 잘못을 빌지만, 커다란 잘못을 저질렀더라도 그 피해자가 눈앞에 없으면 눈곱만큼도 잘못을 뉘우치지 않는다.

361 질투는 사랑의 산물이다. 하지만 사랑이 끝
난다고 질투까지 없어지는 것은 아니다.

362 대부분의 여자가 연인의 죽음을 슬퍼하는
것은 사랑했기 때문이기도 하지만, 앞으로 다른 남자에
게 사랑받고 싶은 욕심 때문이다.

363 다른 사람이 우리에게 가한 학대보다 우리가 우리 자신에게 가한 학대가 더 견디기 힘들다.

364 대부분의 남자가 아내에 대해 왈가왈부해서는 안 된다는 것을 잘 알고 있지만, 자신에 대해서는 더 입조심해야 한다는 것을 모르고 있는 듯하다.

365 선천적으로 주어진 아름다운 성품은 곧잘 결점으로 발전할 수도 있으며, 후천적으로 얻은 아름다운 성품은 결코 완벽한 경지까지 이를 수 없다. 예컨대 우리는 이성의 힘으로 재물과 신용을 잘 관리해야 할 것이고, 천성의 힘으로는 어진 마음과 꿋꿋한 의지를 지켜 나가야 할 것이다.

366 우리는 대화 상대의 진실성을 완전히 믿지는 않지만 그래도 그가 다른 사람보다는 우리에게 더 진실되게 말하는 것이라 믿고 싶어한다.

367 아무리 성실한 여자라도 여자로서의 의무에는 싫증을 내는 법이다.

368 양갓집 규수는 숨겨진 보물에 비유된다. 보물은 누구도 찾지 않을 때만 안전하기 때문이다.

369 사랑하지 않겠다는 결심으로 자신에게 가하는 학대는 사랑하는 상대의 매정함보다 더 견디기 힘든 고통이다.

370 납득할 만한 이유가 있어 두려워하는 겁쟁이는 없다.

371 사랑에 빠진 사람의 문제는 사랑을 언제 끝내야 할지 모른다는 것이다.

372 대부분의 젊은이는 예절을 무시하고 거칠게 행동하는 것을 자연스런 것이라 생각한다.

373 다른 사람을 속이기 위한 눈물이 때로는 우리 자신까지도 속인다.

374 사랑받기 위해서 사랑한다면 커다란 착각이다.

375 무능한 사람은 자신의 능력을 넘어서는 일이라면 무작정 비난해 댄다.

376 진정한 우정에는 시기심이 없고 진정한 사랑에는 환심을 사기 위한 꾸밈이 없다.

377 통찰력의 최대 결점은 최종의 목표까지 스쳐 지나간다는 것이다.

378 조언하는 사람은 많아도 그 조언을 실행에 옮기고 싶은 의욕까지 북돋워 주는 사람은 거의 없다.

379 인품이 떨어지면 취향도 떨어지는 법이다.

380 빛이 사물의 모습을 드러내듯이 운명은 우리의 장점과 단점을 드러낸다.

381 사랑하는 사람에게 충실하기 위해 자신에게 가하는 학대는 부정한 짓을 저지르는 것과 크게 다를 바가 없다.

382 우리의 행위는 각자 마음에 드는 음을 늘어놓는 각운脚韻과 다를 바가 없다.

383 나 자신에 대해 말하고 싶은 욕망과 자신의 결점을 자기가 원하는 방향으로 드러내고 싶은 욕망이야말로 우리의 진실일 것이다.

384 우리가 앞으로도 여전히 놀랄 수 있다는 사실이 놀라울 뿐이다.

385 많은 사람들에게 사랑받아 더 이상의 사랑을 받지 못할 정도의 사람을 만족시키는 것보다 어려운 일은 없을 것이다.

386 잘못을 저지르고도 괴로워하지 않는 사람은 다시 잘못을 저지를 가능성이 높다.

387 어리석은 사람은 결코 품격 있는 사람이 될 수 없다.

388 허영이 미덕을 완전히 뒤엎지는 못하더라도 뒤흔들어 놓을 수는 있다.

389 우리가 다른 사람의 허영을 눈감고 넘어갈 수 없는 것은 그 때문에 우리의 허영이 상처를 입기 때문이다.

390 우리는 이익을 위해서라면 취향까지도 포기한다.

391 행운의 덕을 보지 못한 사람만이 행운을 맹목적으로 기대한다.

392 운명은 건강과 같은 것이어서 적절히 조절하지 않으면 안 된다. 운명이 순풍을 불어 주면 그 따뜻함을 즐기라. 하지만 운명이 세찬 비바람을 몰고 오면 참고 기다리라. 운명이 당신을 극단으로 몰고 가지 않는한 섣불리 운명에 맞서지 말라.

393 군대에서는 때때로 보수적 색채가 사라지지만 궁중에서는 결코 사라지지 않는다.

394 누구나 다른 한 사람보다는 유능할 수 있지만 다른 모든 사람보다 유능할 수는 없다.

395 행복을 잃고 싶지 않다면 사랑하는 사람에게 속는 것이 사랑의 미혹에서 깨어나는 것보다 더 낫다.

396 다른 연인이 생기지 않는 한 우리는 첫사랑을 유지하려 한다.

397 우리에게는 결점이 없고 우리의 적에게는 좋은 점이 없다고 어찌 감히 말할 수 있겠는가! 하지만 우리 행동을 곰곰이 살펴보면 우리는 거의 이렇게 믿고 있는 듯하다.

398 모든 결점 중에서 우리가 가장 쉽게 인정하는 결점은 게으름이다. 게으름이 우리 미덕을 편안하게 감싸 줄 뿐 아니라, 미덕을 파괴하기는커녕 그저 활동을 유보시키는 정도라고 믿기 때문이다.

399 운명에 좌우되지 않는 고귀한 것이 있다. 우리를 다른 사람들과 구분시켜 주고 부끄럽지 않은 일에 헌신하도록 우리를 끌어가는 마음가짐이 그것이다. 또한 우리가 인식하지 못하는 사이에 우리 자신에게 부여하는 가치가 그것이다. 이런 고결함 덕분에 우리는 다른 사람들에게 존경받게 되고, 신분과 지위를 넘어 다른 사람들의 위에 설 수 있는 것이다.

400 모든 장점이 도덕적 고결함까지 갖춘 것은 아니지만 도덕적 고결함은 그 자체로 장점이다.

401 장점이 도덕적 고결함까지 갖춘다면 아름다운 여인이 장신구로 더욱 아름답게 꾸민 모습에 비유할 수 있으리라.

402 여자의 마음을 사로잡으려는 남자의 유혹에서 사랑의 흔적을 찾기란 어렵다.

403 운명은 때때로 우리의 결점을 이용해서 우리의 신분을 상승시켜 준다. 그런데 세상에는 결점조차 제대로 드러내지 못해 장점까지도 보상받지 못하는 안타까운 사람들이 있다.

404 자연은 우리의 정신 깊은 곳에 우리 자신도 알지 못하는 재능을 감춰 두고 있는 듯하다. 열정만이 그 재능을 끌어내어 마음껏 펼치도록 해준다.

405 우리는 완전히 백지상태로 새로운 연령층을 맞는다. 따라서 아무리 많은 세월을 살았어도 새로운 연령층에서는 경험이 부족한 법이다.

406 여자가 연인에게 애교를 부리며 집착하는 것은 다른 여자들을 시샘하고 있다는 것을 감추기 위한 것이다.

407 다른 사람의 속임수에 넘어갔을 때 우리 자신에게 비친 우리의 모습은 우리의 속임수에 넘어간 사람들에 비해 훨씬 어리석게 보인다.

408 늙은 여인의 행실에서 가장 우스꽝스런 것은 한때 남자들에게 인기 있었던 시절을 잊지 못하고 지금도 여전히 인기 있으리라 착각하는 모습이다.

409 아무리 아름다운 행위일지라도 그 행위의 동기가 세상에 알려진다면 부끄럽지 않을 수 없을 것이다.

410 우정의 가장 커다란 장점은 친구에게 우리의 결점을 드러내 보이는 것이 아니라 친구에게 자신의 결점을 발견하게 해주는 것이다.

411 결점을 감추려고 끌어대는 변명이나 구실은 결코 용서받을 수 없는 결점이다.

412 우리가 아무리 수치스런 짓을 했더라도 그 잘못을 만회할 기회는 거의 언제나 주어진다.

413 임기응변의 재주밖에 없는 사람은 오래도록 사람들에게 환영받지 못한다.

414 미치광이와 바보는 성격대로만 사물을 보는 사람이다.

415 임기응변의 재주는 때때로 어리석은 짓을 저지르는 대담성을 보인다.

416 연령과 비례하는 정력은 광기와 크게 다르지 않다.

417 사랑의 아픔은 하루라도 빨리 떨쳐 내는 것이 낫다.

418 애교스런 여자로 보이고 싶지 않은 젊은 여성이나, 남의 웃음거리가 되고 싶지 않은 노인은 사랑할 수 있는 사람인 양 말해서는 안 된다.

419 우리는 능력으로 충분히 해낼 수 있는 일에서는 훌륭하다는 평가를 받을 수 있지만 능력을 넘어서는 일에서는 한없이 초라하게 보일 수 있다.

420 자존심을 꺾는다면 우리는 어떤 고난에서도 의연함을 유지할 수 있으리라 생각한다. 그러나 겁쟁이가 목숨을 걸고 자기 몸을 지키려 하듯이 우리는 고난을 참고 견디는 것일 뿐 고난에 맞서 이겨 낼 용기까지 갖지는 못한다.

421 뛰어난 재주보다 신뢰가 대화의 문을 열어 준다.

422 열정 때문에 우리가 실수를 저지르는 것이지만 그중 가장 어리석은 실수는 사랑의 열정에서 비롯된다.

423 자신이 늙었다는 사실을 아는 사람은 거의 없다.

424 우리는 수치스럽게 생각하는 결점과 반대되는 결점을 소중히 생각한다. 따라서 약한 사람일수록 고집스런 것을 자랑으로 삼는 것이다.

425 통찰력은 미래를 꿰뚫어 보는 소중한 능력이지만 정신의 다른 어떤 장점보다 우리의 허영심을 부추기는 힘이기도 하다.

426 새로운 것의 참신함과 오랜 습관은 완전히 상반된 것이지만 친구의 결점을 인식하지 못한다는 점에서는 똑같다.

427 대부분의 친구가 우정을 마땅찮게 생각하고 대부분의 신자(信者)가 신자로서의 의무를 지겹게 생각한다.

428 우리에게 별다른 피해를 주지 않는 결점이라면 우리는 쉽게 용서한다.

429 사랑에 빠진 여자는 작은 실수보다 커다란 잘못을 더 쉽게 용서한다.

430 인생의 황혼기처럼 사랑의 황혼기에도 우리는 즐겁기 때문에 사는 것이 아니라 마지못해 사는 것이다.

431 자연스럽게 보이려는 욕심만큼 자연스러움을 방해하는 것은 없다.

432 　아름다운 행위를 진심으로 칭찬하는 것은 그 아름다운 행동에 한몫 끼여들고 싶은 욕망 때문이다.

433 　인간이 크나큰 장점을 선천적으로 갖고 태어났다는 가장 확실한 증거는 갓난아이에게서 찾을 수 있다. 갓난아이에게서 시기심을 본 적이 있는가!

434 　친구가 우리를 속였을 때 우정을 가장한 친구의 행동을 냉담하게 대할 수는 있지만 친구의 불행에도 냉담할 수는 없다.

435 운명과 성격이 세상을 지배한다.

436 개개의 인간을 아는 것보다 인간 전반을 아
는 것이 더 쉽다.

437 한 사람의 가치는 그 장점을 기준으로 판단
할 것이 아니다. 그 장점을 어떻게 활용하는가로 판단해
야 한다.

438 우리가 받은 혜택을 되돌려 주는 것은 당연한 일이며, 또한 우리가 친구에게 빚진 것을 갚음으로써 친구가 우리에게 어떤 의무감을 느끼게 하는 것이 진정한 감사일 수 있다.

439 우리가 원하는 것이 무엇인지 완전하게 알고 있다면 그 어떤 것도 지금처럼 열정적으로 갈구하지는 않을 것이다.

440 여성의 세계에서는 우정을 찾아보기 힘들다고 말하는 이유는 대부분의 여성이 사랑을 느끼는 순간부터 우정을 멀리하기 때문이다.

441 사랑에서나 우정에서나 우리가 알고 있는 것보다 우리가 모르고 있는 것이 우리에게 더 큰 행복을 안겨 준다.

442 우리는 고치고 싶지 않은 결점을 자랑스레 생각하려 애쓴다.

443 억제하기 힘든 격렬한 열정도 때로는 우리를 방심하게 만들지만 허영은 우리를 끊임없이 불안하게 만든다.

444 늙어서도 어리석은 사람의 어리석음은 젊은 사람의 어리석음에 비할 바가 아니다.

445 미덕의 반대말은 악덕이 아니라 허약한 의지력이다.

446 치욕이나 질투의 괴로움이 이처럼 깊은 이유는 허영으로도 그 고통을 완전히 이겨 낼 수 없기 때문이다.

447 예절은 강제력이 강한 약한 법이지만 가장 잘 지켜지는 법이다.

448 올곧은 사람이 세상을 편하게 살아갈 최선의 방법은 비뚤어진 사람들을 끌어가려 애쓰지 않고 그들의 뜻에 맞춰 사는 것이다.

449 　무엇인가를 하나씩 이뤄 가며 성공한 것이 아니라면, 그리고 원대한 희망으로 성공을 일궈 낸 것이 아니라면, 즉 운명의 여신이 갑자기 우리에게 성공의 열매를 안겨 준 것이라면 그 성공을 제대로 유지하기란 거의 불가능하다.

450 　우리가 결점들을 하나씩 떼어 낼 때마다 오만이라는 결점은 그만큼 커져 간다.

451 　잔재주를 지닌 사람처럼 어리석고 짜증나는 사람은 없다.

452 세상 사람들은 적어도 자신의 장점에서는 세상에서 가장 존경받는 사람보다 못할 것이 없다고 생각한다.

453 큰일을 꿈꿀수록 새로운 기회를 만들어 내는데 힘쓰기보다 눈앞의 기회를 이용하는 데 힘써야 할 것이다.

454 상대가 우리를 헐뜯고 비방하지 않는 것으로도 감지덕지할 일인데 하물며 상대가 우리에 대해 좋게 말해 주기를 바라겠는가!

455 우리는 사물을 잘못 판단하기 일쑤지만 참다운 가치를 올바로 인식하지 못하는 경우보다 거짓된 가치를 관대하게 보아 넘기는 경우가 훨씬 많다.

456 재주를 지닌 어리석은 사람은 있어도 판단력을 지닌 어리석은 사람은 없다.

457 거짓된 모습을 보이려고 애쓰기보다 본연의
모습을 그대로 보여 주는 것이 궁극적으로는 훨씬 이익
일 것이다.

458 우리에 대해서 적이 우리보다 진실에 더 가
깝게 평가한다.

459 사랑의 묘약이라고 언급되는 것은 많지만 꼭 들어맞는 약은 없다.

460 열정이 우리에게 요구하는 것을 우리가 모두 알 수 있을까? 결코 그렇지 못하다.

461 노인은 목숨을 걸고 젊은이들의 즐거움을 방해하는 폭군이다.

462 우리가 어떤 결점을 비난하는 것은 우리에게는 그런 결점이 없을 것이란 오만한 생각 때문이다. 이런 오만 때문에 우리가 갖지 못한 장점까지 경멸하게 되는 것이다.

463 우리의 적들에게 닥친 불행을 안타깝게 생각하는 것은 선의보다 오만에 가깝다. 그들에게 동정을 표시함으로써 우리가 그들보다 우위에 있다는 것을 보여 주려는 위선이기 때문이다.

464 행복이나 불행이나 한계를 넘어서면 행복이
행복으로 불행이 불행으로 느껴지지 않는다.

465 범죄자나 죄 없는 사람이나 보호하지 못하
기는 마찬가지이다.

466 온갖 뜨거운 열정 중 여자에게 가장 어울리
는 열정이 사랑이다.

467 우리가 본래의 취향과 다른 것을 선택하는 이유는 이성 때문이라기보다 허영심 때문이다.

468 보잘것없는 재능으로도 큰일을 이뤄 내는 사람이 적지 않다.

469 우리는 이성의 요구에 시큰둥하게 반응할 뿐이다.

470 좋게 해석하든 나쁘게 해석하든 우리 재능은 불확실하고 의심스런 것이다. 거의 모든 재능이 경우에 따라서 그 가치가 달라진다.

471 여자는 사랑의 열정에 휩싸일 때 처음엔 연인을 사랑하지만 나중에는 사랑 자체를 사랑한다.

472 다른 열정과 마찬가지로 오만도 이해하기 힘든 면을 띤다. 그래서 지금 질투하고 있는 것은 부끄럽게 생각하며 감히 발설하지 않지만, 과거에 질투한 적이 있고 앞으로 질투할 수 있다고는 거리낌없이 말할 수 있는 것이다.

473 진정한 사랑이 아무리 드물다 할지라도, 진정한 우정에 비교하면 그리 드문 것이 아니다.

474 온유함을 아름다움보다 오래 간직하는 여자는 많지 않다.

475 다른 사람에게 동정받거나 칭찬을 받고 싶은 욕심이 신뢰에서 가장 큰 부분을 차지한다. 따라서 다른 사람에게 신뢰받고 싶으면 동정하거나 칭찬하라.

476 우리가 시기하는 사람의 행복보다 우리의 시기심이 훨씬 오래간다.

477 굳센 정신은 사랑의 유혹을 견뎌 내는 힘이 기도 하지만 뜨거운 사랑을 오랫동안 유지시키는 힘이 기도 하다. 한편 의지력이 약한 사람은 숱한 유혹에 흔들리면서 열정의 진정한 환희를 결코 느끼지 못한다.

478 우리의 마음 속에는 상상력만으로는 만들어 낼 수 없는 무수한 모순들이 뒤엉켜 있다.

479 굳센 정신력의 소유자만이 진정한 온유함을 지닐 수 있다. 겉으로 부드럽게 보이는 사람은 대체로 의지력이 약한 사람이어서 언제 까다로운 사람으로 변할지 모른다.

480 소심한 성격을 고쳐 줄 생각으로 소심함을 나무라는 것은 위험하기 짝이 없는 짓이다.

481 진정한 친절은 없다고 보아도 무방하다. 다른 사람에게 친절하다고 생각되는 사람도 대체로 상대의 환심을 사려는 사람이거나 우유부단한 사람일 뿐이다.

482 게으름이나 습관의 힘으로 우리는 쉬운 것이나 재미있는 것에 애착을 갖는다. 이 때문에 우리의 지식은 한계를 가질 수밖에 없다. 말하자면 정신의 힘을 최대한 확장시키려는 노력에 끊임없이 매진하는 사람은 없다고 해도 과언이 아니다.

483 우리가 누군가를 욕하는 것은 원한 때문이라기보다 허영심 때문이다.

484 어떤 열정의 앙금으로 마음이 여전히 흔들릴 때 우리는 새로운 열정에 휩싸이기 쉽다.

485 뜨거운 열정의 포로가 된 후, 그 열정에서 완전히 벗어난 사람은 행복하면서도 불행한 사람이다.

486 시기심 없는 사람보다 사심 없는 사람이 더 많다.

487 우리가 게으른 것은 육체가 게으른 이유도 있지만 정신이 게으른 이유가 더 크다.

488 기분이 들쑥날쑥한 것은 일생동안 우리에게 닥치는 중대한 일들 때문이기도 하지만 더 큰 이유는 우리가 매일 겪는 사소한 일들의 처리 과정에 있다.

489 가장 악랄한 사람이라도 미덕을 적으로 삼지는 않는다. 따라서 미덕을 학대하려 할 때 그들은 미덕을 근거 없는 것으로 생각하는 척하거나 미덕을 범죄의 근원인 것처럼 주장한다.

490 사랑은 야망으로 곧잘 변해 가지만 야망이 사랑으로 변하는 경우는 거의 없다.

49I 극도의 탐욕에 싸인 사람은 거의 언제나 잘
못 판단한다. 십중팔구 본연의 목적에서 멀어질 뿐이며,
현재의 탐욕에 사로잡혀 장래까지 위태롭게 만든다.

492 탐욕은 때때로 상반된 결과를 만들어 낸다.
탐욕 때문에 덧없는 희망에 전 재산을 쏟아 붓는 사람들
이 있는가 하면 눈앞의 사소한 이익을 위해 장래의 막대
한 이익을 거들떠보지도 않는 사람도 있다.

493　인간은 자신을 결점으로 가득한 동물이라 생각지 않는 듯하다. 따라서 이상한 성격을 개성이란 이름으로 감싸 주며 결점들을 늘려 간다. 게다가 이런 결점들을 애써 장려하면서 나중에는 고칠래야 고칠 수도 없는 습관으로 발전시킨다.

494　우리가 의외로 우리 자신의 잘못을 잘 알고 있다는 증거는 우리의 행실에 대해 조금도 틀리지 않게 말할 수 있다는 사실이다. 결국 우리의 눈을 어둡게 하는 자존심이 우리의 눈을 밝게 해준다는 뜻이다. 달리 말하면 자존심이 우리의 행실을 너무도 정확히 파악하고 있기 때문에 조금이라도 비난받을 만한 행실은 애초부터 덮어 버리거나 거짓으로 꾸며 댄다는 것이다.

495 사교계에 첫발을 내딛은 젊은이는 수줍어하
거나 어리둥절한 모습을 보여야 한다. 자신만만하거나
자연스럽게 보인다면 건방진 젊은이로 낙인찍히기 십상
이다.

496 잘못이 한쪽에만 있다면 어떤 다툼도 오래
가지 않는다.

497 생기발랄하지만 아름답지 않고 아름답지만 생기발랄하지 않은 것은 아무 짝에도 쓸모없다.

498 지나치게 경박해서 뚜렷한 결점도 없고 뚜렷한 장점도 없는 사람이 있다.

499 여자의 경우는 대체로 첫사랑이 마지막 사랑이다.

500 자존심에 사로잡혀 사랑할 때에도 사랑하는 사람의 존재보다 열정을 쏟아 낼 방법에 몰두하는 사람이 있다.

501 아무리 아름다운 사랑이라도 사랑 자체보다는 사랑에 얽힌 이야기가 더 재미있는 법이다.

502 능력은 뛰어나더라도 성격상 결함이 있는 사람보다 능력은 부족하지만 정직한 사람이 결국에는 승리하는 법이다.

503 질투는 가장 큰 불행이라 할 수 있다. 질투 하는 사람을 동정할 사람은 거의 없기 때문이다.

504 그럴듯하게 꾸민 미덕의 위선적인 면에 대해 언급했다면 죽음을 경멸하는 마음의 거짓됨에 대해서도 언급하는 것이 공정한 처사일 것이다. 나는 무신론자들이 죽음을 경멸하는 소리를 자주 듣는다. 그들은 최적의 삶을 바라는 것은 아니지만 그들의 힘으로 죽음의 두려움을 이겨 낼 수 있다고 자랑스레 말한다. 그러나 죽음의 두려움을 굳세게 이겨 내는 것과 죽음을 경멸하는 것 사이에는 차이가 있다. 전자는 일상적으로 흔히 볼 수 있는 일이지만 후자는 결코 신중한 자세가 아니다. 그러나 죽음이 불행은 아니라는 것을 설득력 있게 써 내려간 사람들이 적지 않다. 또한 영웅은 물론이고 평범한 사람들까지 이런 생각의 타당성을 몸으로 실천해 보였다. 하지만 상식 있는 사람이라면 이런 의견을 진실로 믿을까 의심하지 않을 수 없다. 다른 사람을 이런 의견에 동의하도록 설득하는 것이 무척이나 어렵다는 사실, 또한 자신도 이런 의견에 쉽게 동의하지 못한다는 사실에서 죽음을 경멸한다는 것은 결코 쉬운 일이 아닌 듯하다. 물론 살아가는 과정에서 구역질나는 사건

들을 숱하게 겪을 수는 있지만 죽음을 경멸할 이유는 전혀 없다. 스스로 죽음을 택하는 사람조차도 죽음을 그렇게 간단한 것이라 생각지는 않는다. 그들이 선택한 길과 다른 방향에서 죽음이 위협해 올 때, 그들도 다른 사람들과 마찬가지로 대경실색하며 죽음을 거부하기 때문이다. 용감한 사람들이라 평가받는 사람들이 보여 준 용기가 제각각인 이유도 바로 이 때문이다. 즉 그들이 상상하던 것과는 다른 방식으로 죽음이 닥쳐오고 때에 따라서 더욱 위협적인 모습으로 밀려오기 때문이다. 따라서 그들은 죽음의 정체를 제대로 알지 못한 까닭에 죽음을 경멸했지만 죽음의 정체를 알고 난 후에는 두려움에 떠는 것이다. 죽음이 모든 불행 중 가장 불행이란 사실을 믿고 싶지 않다면 죽음이 닥쳐올 가능한 상황들을 애써 상상할 필요가 없다. 따라서 유능한 사람과 용기 있는 사람은 적절한 구실을 만들어 가며 죽음을 생각할 기회 자체를 갖지 않는 사람이라 할 수 있다. 그러나 죽음의 진실된 모습을 깨달은 사람들은 죽음처럼 두려운 것이 없다는 사실을 알고 있다. 인간이 죽음을 피할 수 없다는 숙명을 깨닫게 되면서 철학자들은 죽음 앞에서도 태연할 수 있었다. 반드시 가야 할 길이라면 의연하게 가야 한다고 생각했다. 어차피 영원히 살 수 없는 목숨이라면 그들의 이름이라도 영원히 남기고, 절망에 빠진 사람들을 구해 내기 위해서라도 그들이 못할 일은 없었다. 우리도 죽음에 대해 생각한 모든 것을 우리 자신에게 말하지 않은 것으로 만족하자. 그래야 편안한 얼굴로 죽음을 맞이하지 않겠는가! 그리고 죽음을 차분하게 맞이할수 있다고 우리에게 속삭이는 하잘것없는 추론에 의지하기보다는 차라리 우리의 성격에 희망을 걸어 보자. 의연하게 죽어가는 명예, 우리의 죽음으로 세상에 아쉬움을 남기고 싶은 희망, 아름다운 이름을 세상에 남기고싶다는 욕망, 삶의 형극에서 해방되어 이제는 운명의 노리개가 되지 않겠다는 확신 등은 우리가 결코 물리쳐서는 안 될 꿈이지만 그 꿈들이 반드시 실현될 것이라 믿어서는 안 된다. 빗발치는 총탄을 무릅쓰면서 적진에 접근해야 하는 사람들에게 그 꿈들은 단순한 울타리에 불과한 것이다. 울타리에서 멀리 떨어져 있을 때는 그 울타리가 안전한 방책처럼 여겨지지만 가까이 가서 보면결코 안전한 방책이 아니라는 사실을 깨닫게 되는 것과

같은 논리이다. 멀리서 바라본 죽음의 모습이나 가까이서 지켜본 죽음의 모습이 별다른 차이가 없다고 생각하는 것이나, 허약하지만 우리 감정이 어떤 가혹한 시련이라도 이겨 낼 수 있을 만큼 강인해질 수 있다고 믿는 것은 교만에 불과하다. 보잘것없는 자존심 때문에 그 자존심을 가차없이 깨뜨려 버리는 죽음조차 하찮은 것으로 생각한다면 자존심이 무엇인지도 제대로 모른다는 증거다. 또한 수많은 타개책을 고안해 내는 원천이라 여겨지는 이성도 죽음 앞에서는 우리가 원하는 길로 우리를 인도하지 못한다. 오히려 이성은 우리를 배신하며, 죽음을 경멸하기는커녕 죽음이야말로 진정으로 두렵고 무서운 것이라는 사실을 깨닫게 해준다. 따라서 이성이 우리를 위해 해줄 수 있는 것은 죽음에서 눈을 돌려 다른 것을 응시하라고 조언하는 것이다. 카토(기원전 234~149년, 로마 시대에 사치를 배격한 농민 출신의 정치가)와 브루투스가 좋은 예다. 게다가 얼마 전의 일이지만 한 평민이 사형대에서 춤을 추며 죽음을 맞았던 것도 좋은 예다. 물론 동기는 달랐겠지만 그들은 죽음을 태연하게 맞았다는 점에서 똑같다. 결국 위대한 인물과 보통 사람 사이에

분명한 차이가 있을지라도 그들이 똑같은 얼굴로 죽음을 맞이했다는 점은 사실이다. 하지만 여기에도 분명한 차이가 있다. 즉 위대한 사람은 명예욕으로 죽음의 얼굴을 지움으로써 죽음을 경멸하는 듯한 태도를 취하지만, 보통 사람은 죽음의 엄청난 두려움을 깨달을 정도로 계몽되지 못한 탓에 죽음이 아닌 다른 것을 생각할 수 있는 것이다.

성찰편

사물을 정확히 관찰하기 위해 일정한 거리를 두어야 하듯이

교제에서도 일정한 거리를 유지할 필요가 있다.

누구나 고유한 관점을 갖고 있고,

다른 사람도 그런 관점에서 자신을 보아 주길 원한다.

우리가 지나치게 가까이에서 관찰되는 것을

원치 않는 이유가 무엇이겠는가?

어떤 경우도 당신의 진실된 모습을 다른 사람들에게

보여 주고 싶지 않기 때문이다.

I

취향에 대하어

취향보다 지혜가 돋보이는 사람이 있는가 하면 거꾸로 지혜보다 취향이 돋보이는 사람이 있다. 어쨌거나 지혜보다 취향이 더 다양하고 변덕스럽다는 것은 부인할 수 없는 사실이다.

취향이란 단어는 다양한 의미를 갖고 있어 자칫하면 잘못 이해하기 십상이다. 우리가 어떤 사물에 대해 본능적으로 갖는 취향과 일정한 기준에 따라 사물의 질을 감식해서 판단하는 취향은 다른 것이다. 예컨대 우리는 내용을 판단할 만한 섬세하고 날카로운 감각이 없으면서도 코미디를 좋아할 수 있다. 거꾸로 코미디의 내용을 완벽하게 판단하기에 충분한 감각을 지니고 있으면서도 코미디를 좋아하지 않을 수 있다. 한편 우리 앞에 있는 것을 감지하지 못할 정도로 우리를 조금씩 끌어가는 취향이 있는 반면에 강력한 힘으로 화끈하게 우리를 끌어당기는 취향도 있다.

어떤 것에도 무감각한 사람이 있는가 하면 일부의 것에만 관심을 집중하는 사람이 있다. 또한 능력 안의 것이라면 정확하고 올바르게 판단해 내는 사람이 있다. 게다가 아주 특별한 취향을 갖고 있어서 그 취향이 나쁜 것을 알면서도 버리지 못하는 사람이 있다. 또한 자신의 취향이 무엇인지 알지 못해 그 결정을 우연에 맡기는 사람도 있다. 이런 사람은 대체로 변덕스러우며 친구의 말에 따라 쉽게 마음을 바꾼다. 한편 언제나 선입견에 싸여 있는 사람도 있다. 취향의 주인이 되지 못하고 취향의 노예가 된 사람인 셈이다. 따라서 모든 것에서 그들의 느낌을 최우선으로 생각한다. 또한 좋은 것에는 민감하게 반응하지만 좋지 않은 것은 불쾌하게 생각하는 사람도 있다. 이런 사람의 견해는 대체로 분명하고 올바르다. 따라서 그들이 선택한 취향의 정당성을 지혜와 판별

력으로 증명해 준다.

　객관적으로는 그 원인을 설명하지 못하지만 일종의 본능으로 눈앞의 사태를 결정하면서도 언제나 승리의 길을 걷는 사람이 있다. 이런 사람들은 지혜보다 감각을 앞세운다. 천부적인 본능으로 자존심을 다독거리고 성격을 조절하기 때문이다. 그들에게는 모든 것이 조화를 이룬다. 이런 조화의 힘으로 그들은 사물을 올바르게 판단하고 올바른 생각을 키워 간다. 그러나 일반적으로 말할 때 고정된 취향을 지닌 사람, 즉 다른 사람의 취향에 전혀 영향을 받지 않는 사람은 거의 없다. 대개가 다른 사람들의 취향을 흉내내거나 관습에 따른다. 말하자면 대부분의 사람들의 취향은 어딘가에서 빌려 온 것이다.

　지금까지 우리가 살펴본 다양한 취향에도 불구하고, 모든 사물에 관심을 보이며 그 가치를 정확하게 파악하여 적절한 값을 결정하는 멋진 취향을 가진 사람을 만나기는 무척 어렵다. 아니 거의 불가능하다. 우리가 알고 있는 것은 아주 적은 것에 불과하다. 따라서 우리에게 주어진 장점을 적절히 활용해서 올바른 판단을 내려야 한다. 하지만 이런 능력은 우리와 직접 관련없는 것에

한정될 뿐이다. 우리와 직접 관련된 문제에서 공정성을 유지하기는 어렵다. 냉정한 판단에 필요한 공정성을 선입견이 방해하기 때문이다. 달리 말하면 우리와 직접 관계있는 것은 실제와 다른 모습을 띤 것처럼 보인다. 누구도 자신과 관련된 문제와 그렇지 않은 문제를 똑같은 눈으로 보지 못한다. 자존심과 성격이 개입해서 우리에게 새로운 눈을 주기 때문이다. 따라서 우리는 불확실성의 수렁에서 어떤 것도 쉽게 결정하지 못한다. 우리의 취향과 감각이 더 이상 우리의 것이 아닌 셈이다. 취향과 감각이 우리의 허락없이 제멋대로 변한다. 따라서 똑같은 것이 여러 모습으로 나타나면서, 우리가 실제로 보았고 느낀 것을 인정하지 않게 만드는 것이다.

2

교제에 대하여

나는 교제에 대해 이야기하면서 우정까지 언급하고 싶지는 않다. 교제와 우정이 어떤 관련성을 갖는 것은 사실이지만 이 둘은 무척이나 다르기 때문이다. 우정은 교제에 비해 훨씬 고귀하고 중요한 것이지만 교제의 가장 커다란 장점은 우정을 닮고자 하는 점이다. 따라서 나는 성실한 사람이라면 반드시 지녀야 할 특별한 교제에 대해서만 이야기하려 한다.

교제가 사람에게 얼마나 필요한 것인가에 대해서는 새삼스레 언급할 필요가 없을 것이다. 모두가 교제를 원하며 교제할 대상을 찾기 때문이다. 하지만 즐겁게 교제하며 교제를 지속시키려고 애쓰는 사람은 거의 없는 듯하다. 모두가 상대에게 피해를 입히더라도 자기만의 즐거움과 이익을 구하려 한다. 사실 우리는 더불어 살아가려는 사람들보다 우리 자신을 더 소중하게 생각하며 그런 생각을 그들에게 감추려고 애쓰지 않는다. 따라서 교제가 난관에 부딪히고 깨지는 것이다. 따라서 이런 욕심은 우리에게 너무도 자연스런 것이어서 결코 떨쳐 낼 수 없는 것이기 때문에 적어도 그 욕심을 감출 수라도 있어야 한다. 또한 가능하다면 우리가 즐거운 만큼 다른 사람들을 즐겁게 해주고 그들의 자존심을 존중해서 결코 상처를 안기지 않도록 조심해야 할 것이다.

커다란 일이라도 한 가지 일을 처리하는 데는 정신이 커다란 역할을 해내지만 각양각색의 사람들이 만나는 교제에서는 정신만으로 충분하지 않다. 상식과 성격, 그리고 함께 지내고 싶은 사람들 사이에 없어서는 안 될 존경심이 교제의 바탕이 되지 않는다면 만남의 관계에서 끝날 뿐 진정한 의미에서의 교제는 기대할 수 없다. 성격과 기질에서 정반대인 사람들이 화기애애한 관계를 유지하는 것 같은 경우가 때때로 있지만 그들의 관계는 결코 오랫동안 유지되지 못할 이상한 끈으로 이어진 것일 뿐이다. 또한 가문에서나 자질에서 우리에게 훨씬 미치지 못하는 사람들과도 교제를 할 수는 있다. 하지만 이때 모든 면에서 우월한 위치에 있는 우리가 그런 이점을 남용하지 않는다는 조건이 필요하다. 아예 그런 이점을 잊고 살면서 상대에게 무엇인가를 가르쳐야 할 때에만 눈치채지 않게 사용해야 한다. 달리 말해서 가능한 한 상대의 감정과 관심사에 맞춰가면서 그에게 다른 사람의 가르침을 받아야 할 필요성이 있다는 것을 인식시켜야 한다.

허물없는 교제를 위해서는 당사자 모두가 자유로워야 한다. 만나고 만나지 않는 데 어떤 구속도 있어서는 안 된다. 함께 즐기고 심지어 함께 지루해할 수도 있어야 한다. 서로 떨어져 있어도 그 때문에 마음이 변해서는 안 된다. 만나서 상대를 난처하게 할 입장이라면 한동안 헤어져 지낼 수도 있어야 한다. 상대가 결코 당신을 언짢게 생각지 않을 것이라 확신할 때가 상대를 불쾌하게 만들 가능성이 가장 높다는 사실을 잊어서는 안 된다. 가능하다면, 더불어 지내고 싶어하는 사람들을 즐겁게 해줘야 한다. 하지만 그들을 즐겁게 해주겠다는 의무감에 사로잡혀서는 안 된다. 교제에서 배려는 반드시 필요한 것이지만 그 한계는 뚜렷이해야 한다. 배려가 지나치면 비굴한 사람처럼 보일 수 있다. 어디에도 얽매이지 않는 배려여야 한다. 상대의 감정을 배려하면서도 내 감정을 소중히 한다는 확신을 상대에게 심어 줘야 한다.

상대의 결점은 타고난 것이지만 장점에 비교해서 무시할 만한 것이라면 그 결점을 기꺼이 허용해 줄 수 있어야 한다. 주변 사람들이 그 결점을 알고 있으며 그 때문에 못마땅하게 생각하고 있다는 사실을 상대가 느끼지 못하도록 배려해 줘야 한다. 그가 자신의 결점을 스스로 깨달아 바로잡아 나가도록 인도해 줘야 한다.

신사들 간의 교제에는 반드시 지켜야 할 어법이 있다. 이런 어법 덕분에 사람들이 열을 올리며 자신의 생각을 주장할 때 깊은 생각없이 뱉어 내는 매몰차고 가혹한 말에도 신사는 쉽게 동요하지 않고, 또한 그런 식의 말투로 상대의 감정을 상하게 하지도 않는 것이다.

신뢰가 없을 때 신사들 간의 교제는 오래 지속될 수 없다. 신뢰는 신사들에게 상식적인 요건이다. 따라서 그들과 교제할 때는 확신에 차고 신중한 모습을 보여 줘야한다. 그래야 경솔하게 아무 말이나 뱉어 낼지도 모른다는 걱정을 그들에게 덜어 줄 수 있기 때문이다.

다양한 방면에 재주를 가져야 한다. 한 가지 재주밖에 없는 사람은 상대를 오랫동안 즐겁게 해줄 수 없기 때문이다. 또한 교제의 즐거움을 더해 줄 수 있다면, 그리고 다양한 목소리와 다양한 악기가 감미로운 음율을 빚어내기 위해 지켜야 할 규칙을 교제에서도 준수한다면, 교제의 당사자들이 똑같은 길을 걸어야 할 필요도 없고 똑같은 시야와 똑같은 재능을 지녀야 할 필요도 없을 것이다.

여러 사람이 똑같은 것에 관심을 갖기가 어려운 것도 사실이지만, 교제 당사자들이 정반대의 것에 관심을 갖고 있다면 화기애애한 교제를 기대하기 힘들다.

상대를 즐겁게 해주는 것에서 그쳐서는 안 된다. 그에게 유익한 수단을 찾아내고, 그의 슬픔을 덜어 줄 수 있어야 한다. 그 슬픔을 덜어 주지 못할 때라면 그와 슬픔을 함께한다는 것을 보여 주며, 그 슬픔을 단번에 잊게 해주려 하지 말고 천천히 그가 깨닫지 못하는 사이에

잊도록 해주어야 한다. 상대가 관련된 일에 대해 언급해도 상관없지만 그가 허락하는 한에서 그치도록 한다.

따라서 커다란 절제가 필요하다. 상대의 속내까지 들춰 내지 않는 예의와 인간됨이 있어야 한다. 속내까지 모두 들춰 내질 때 즐거울 사람이 어디에 있겠는가! 게다가 그가 알지 못하고 있는 것까지 당신이 들춰 낸다면 그 고통은 이루 다 말로 표현하기 어려운 것이다. 신사들은 교제를 통해 친밀감을 쌓아 가고 서로에 대해 솔직하게 말할 기회를 차근차근 늘려가지만, 대부분의 사람은 교제를 유지하는 데 필요한 많은 조언들을 받아들일 만큼 상식적이고 차분하지 못하다. 많은 사람이 어느 정도까지는 알고 싶어하지만 모든 것에 대해 알고 싶어하지는 않는다. 오히려 모든 진실을 알게 될까봐 두려워한다.

사물을 정확히 관찰하기 위해 일정한 거리를 두어야 하듯이 교제에서도 일정한 거리를 유지할 필요가 있다. 누구나 고유한 관점을 갖고 있고, 다른 사람도 그런 관점에서 자신을 보아 주길 원한다. 우리가 지나치게 가까이에서 관찰되는 것을 원치 않는 이유가 무엇이겠는가?

어떤 경우도 당신의 진실된 모습을 다른 사람들에게 보여 주고 싶지 않기 때문이다.

3
외관과 태도에 대하여

누구에게나 얼굴과 재능에 어울리는 외관이 있게 마련이다. 그 외관을 다른 모습으로 하려 한다면 본연의 가치를 떨어뜨리기 십상이다. 따라서 우리에게 어떤 모습이 어울리는가를 찾아서 그 모습을 지켜가며 가능한 범위 내에서 완벽하게 다듬어 가도록 노력해야 한다.

대부분의 어린 아이가 귀엽게 느껴지는 이유는 타고난 모습 그대로를 보여 주기 때문이다. 어린 아이들은 꾸미지 않기 때문이다. 그런데 어린 시절을 지나면 우리는 본연의 모습을 바꿔가며 조금씩 타락시킨다. 눈에 보이는 것을 흉내내야 한다고 생각하지만 완벽하게 흉내내지는 못한다. 이렇게 흉내내는 행위에는 무엇인가 잘못되고 불확실한 것이 있게 마련이다. 따라서 태도나 감정에서 무엇 하나 정해진 것이 없다. 실제로 보여 줘야 할 모습은 잊은 채 자신의 모습이 아닌 모습을 보여 주려 애쓰고 있는 것이다. 누구나 다른 사람이 되고 싶어 한다. 따라서 본래의 모습을 드러내지 못한다. 항상 다른 사람의 모습을 흉내내려 한다. 자신의 존재가 아닌 다른 존재를 찾아 헤맨다. 이런저런 말투와 태도를 닥치는 대로 흉내내면서 자신의 것으로 삼아 본다. 하지만 몇몇 사람에게 어울리는 것이 모든 사람에게 어울리는 것은 아니라는 사실, 말투와 태도에 관련된 보편 법칙은 없다는 사실, 또한 누구도 완벽하게 흉내낼 수 없다는 사실은 생각지도 않는다. 두 사람이 여러 부분에서 비슷한 점을 가질 수는 있지만, 본연의 성향에서는 결코 똑같을 수 없다. 하지만 누구도 본연의 성향을 그대로 유지할 수 없다. 모두가 다른 사람을 흉내내고 싶어한다. 따라서 자신도 의식하지 못하는 사이에 누군가를 흉내내게 된다. 자신에게는 어울리지도 않는 외부의 것을 얻으려고 내면의 것을 무시하는 셈이다.

그렇다고 우리가 우리 자신에게만 매몰되어, 자연이 우리에게 허락하지 않은 좋은 점을 다른 사람에게서 찾아 본보기로 삼지 말라는 뜻은 아니다. 예술과 학문은 능력 있는 사람이라면 누구에게나 합당한 것이고, 친절과 예절은 우리 모두에게 필요한 것이다. 그러나 이런 후천적 자질들은 우리 본연의 자질들과 어떤 관련성을 가질 때 조금씩 우리 것이 될 수 있는 것이다.

　우리는 능력 이상의 신분이나 지위를 갖는 경우가 있다. 또한 자연이 우리에게 운명적으로 허락하지 않은 직업을 갖게 되는 경우도 있다. 이런 상태에서도 우리는 나름대로의 모습을 지닐 수 있지만 우리 본연의 모습과는 어울리지 않는 모습일 뿐이다. 이런 운명의 변화는 때때로 우리 본연의 모습까지 변화시키며 위엄 있어 보이게 만들지만, 새롭게 얻은 이 모습이 지나치게 눈에 띄어 본연의 모습과 하나가 되지 못한다면 거짓으로 꾸민 모습에 불과하다. 따라서 두 모습을 결합시켜 하나로 만들어 다른 것들이 뒤섞인 것처럼 보이지 않도록 해야 한다.

　우리는 언제나 똑같은 말투로 말할 수 없고 모든 것

을 똑같은 방식으로 대할 수 없다. 예컨대 연대의 선두에 서서 행진할 때와 산책할 때의 걸음걸이는 다를 수밖에 없다. 하지만 어떤 경우에나 똑같은 모습으로 자연스럽게 말하고 행동할 수 있어야 한다. 연대의 선두에 서서 걸을 때와 산책할 때의 걸음걸이는 다르더라도 자연스럽게 보일 수 있어야 한다.

세상에는 이미 성취한 신분과 계급에 걸맞은 모습을 하면서 본연의 모습을 그대로 간직한 사람이 있는 반면에 그들이 꿈꾸는 신분과 계급에나 어울리는 모습을 앞질러 흉내내는 사람이 있다. 실제로 얼마나 많은 장군들이 원수처럼 행동하고, 얼마나 많은 문관들이 대법관의 모습을 흉내내고 있는가! 게다가 얼마나 많은 부르주아 여인들이 공작 부인처럼 꾸미려 하는가! 모두가 부질없는 짓이다.

행동거지가 얼굴 모습과 어울리지 않는 사람, 말투가 생각하는 방식과 어울리지 않는 사람은 주변 사람들을 짜증나고 불쾌하게 만들기 일쑤다. 거짓된 것과 그에게 어울리지 않는 것이 끼여들어 그런 조화를 깨뜨린 것이다. 대부분의 사람이 이처럼 본연의 모습을 버리고 다른 것을 흉내내는 데 급급하다. 그 때문에 자신이 누구인지 조차 망각하고 본연의 모습에서 멀어진다. 따라서 가슴을 열고 주변의 충고를 냉정하게 받아들일 귀까지 상실해 버린다. 많은 재주를 지니고도 주변에서 미움을 받는 사람이 있고 반대로 별다른 재주가 없으면서도 주변에서 사랑받는 사람이 있는 이유가 바로 여기에 있다. 결국 본연의 모습이 아닌 것을 보이고 싶어하는 사람과 본연의 모습을 그대로 드러내는 사람의 차이다. 요컨대 우리가 자연에서 어떤 장점과 결점을 부여받았더라도 우리의 신분과 얼굴에 어울리는 모습과 태도를 보이는 만큼 주변에서 환영받고, 본연의 모습에서 멀어지는 만큼 주변의 눈총을 받는 법이다.

4
대화에 대하여

　대화가 즐겁지 못한 이유는 자명하다. 모두가 상대의 말에 귀를 기울이지 않고 자기가 하고 싶은 말을 먼저 생각하기 때문이다. 대화에서 상대에게 존중받고 싶다면 먼저 상대의 말에 귀를 기울일 수 있어야 한다. 상대에게 마음놓고 말할 기회를 주어야 한다. 쓸데없는 말이라도 들어 줄 수 있어야 한다. 상대의 말에 반박하거나 중단시켜서는 안 된다. 오히려 그들의 생각과 마음을 함께하며 그들의 말을 듣는 모습을 보여 주고, 그들의 관심을 끌 수 있는 것을 화제로 삼고, 그들의 말에서 칭찬받아 마땅한 것은 칭찬할 수 있어야 한다. 또한 그들의 환심을 사기 위한 칭찬이 아니라 진실한 칭찬이라는 것을 보여 줄 수 있어야 한다. 당신의 생각과 다르다는 이유로 반대하지 않고 불필요한 질문을 자제하며, 당신의 주장이 그들의 주장보다 훨씬 타당하지만 신속한 결정을 위해 양보하는 듯한 낌새를 보여서는 안 된다.

대화 상대의 성향에 맞춰 자연스럽고 쉽게 말해야 하지만 진지함을 잃어서는 안 된다. 당신의 주장에 동의를 강요해서는 안 된다. 이렇게 대화에 필수적인 예의를 다할 때 당신은 감정을 솔직하게 드러낼 수 있을 것이다. 하지만 이때도 선입견이나 고정 관념을 버리고, 당신의 말을 듣는 사람에게 동의를 구하는 듯한 모습을 보여 줄 수 있어야 한다.

당신 자신에 대해 중언부언하거나 당신을 본받을 만한 인물로 과시하지 않도록 주의하라. 하지만 대화 상대에게 성향이나 반응에 지나치게 신경을 쓴다면 상대와 가슴을 터놓고 대화할 수 없을 뿐 아니라 그의 생각이 곧 당신의 생각이라는 착각을 상대에게 불러일으키면서 당신의 생각을 상대에게 효과적으로 납득시킬 수도 없다. 또한 화제에 지나치게 집착하지 않는 여유도 필요하다. 가끔은 화제와 동떨어진 것을 생각하고 말할 수 있는 여유가 있어야 한다.

　교만한 태도로 말하거나 필요 이상으로 난해하고 전문적인 단어를 쓰지 않아야 한다. 자신의 생각이 합리적이라 판단한다면 계속 견지해도 상관 없겠지만, 이때도 상대의 감정에 상처를 주거나 상대의 주장을 노골적으로 반박하는 태도는 곤란하다. 요컨대 대화의 주인공이 되겠다는 생각을 버리라. 똑같은 내용을 중언부언하는 것도 대화를 불쾌하게 만드는 주요 원인이다. 선입견을 버리고 어떤 주제라도 기분 좋게 참여하는 자세가 필요하다. 다시 말하면 당신이 말하고 싶은 쪽으로 대화를 끌어가려는 듯한 인상을 상대에게 주어서는 안 된다.

　성실하고 재미있는 대화가 신사들만의 전유물이라 생각할 이유는 전혀 없다. 누구나 각자에게 어울리는 대화를 선택하면 그만이다. 물론 때와 장소에 걸맞은 대화를 선택할 수 있어야 할 것이다. 하지만 말하는 기술이 필요하듯이 침묵하는 기술도 필요하다. 말하자면 웅변적인 침묵이다. 침묵함으로써 대화 상대들에게 존중받는 방법이다. 얼굴빛과 몸짓만으로 대화 분위기를 마음대로 조절하는 사람들이 있다. 하지만 이런 재주를 능수능란하게 사용하는 사람은 거의 없는 편이다. 게다가 대화를 그렇게 끌어가는 법칙을 알고 있더라도 제대로 적용하기 힘들다. 따라서 대화에서 가장 안전한 법칙은 많이 듣고 적게 말하며 허식을 버리는 것이다. 한마디로 대화의 주인공이 되겠다는 생각을 버리는 것이다.

5
거짓에 대하여

우리는 여러 형태로 거짓된 행동을 한다. 본래의 모습이 아닌 모습을 보이려고 하는 거짓된 사람이 있는가 하면, 타고난 거짓말쟁이여서 자기 자신까지 속일 뿐 아니라 사물을 결코 있는 그대로 보지 않는 사람이 있다. 또한 마음은 올바르지만 왜곡된 취향을 지닌 사람도 있다. 거꾸로 비뚤어진 마음을 가졌지만 취향은 그런대로 올곧은 사람이 있다. 반면에 취향에서나 마음가짐에서나 거짓된 것이라고는 없는 사람도 있지만 이런 사람은 극히 드물다. 일반적으로 말할 때 마음가짐이나 취향에서 흠잡을 데가 없는 사람은 거의 없기 때문이다.

이처럼 거짓이 만연된 이유는 우리에게 신념과 확신이 부족하기 때문이다. 또한 우리의 세계관이 불확실하고 혼돈에 싸여 있기 때문이기도 하다. 우리는 사물을 있는 그대로 보지 않는다. 실제보다 높게 평가하거나 낮게 평가하기 일쑤다. 따라서 사물이 우리와 갖는 관계마저도 왜곡된다. 이런 착오가 다시 우리의 취향과 마음자세에 무수한 거짓을 만들어 내며, 여기에 우리의 자존심까지 더해져 우리에게 선善의 탈을 쓰고 나타나는 것에 흡족해한다. 하지만 선이란 개념은 본질적으로 허영이나 기질에 관련된 것이기 때문에 우리는 습관적으로 혹은 편의에 의해 선한 행위를 하는 것이다. 물론 다른 사람이 선한 행위를 하기 때문에 선한 행위를 하는 사람도 적지 않다. 요컨대 하나의 행위를 두고 사람마다 다른 감정을 지닐 수 있고, 사람의 성향에 따라 애착을 갖는 감정도 다르다는 사실은 전혀 고려하지 않는 것이다.

그런데 우리는 마음자세보다 취향에서 거짓된 사람으로 보이는 것을 더 두려워한다. 정직한 사람이라면 인정해야 할 것을 아무런 편견없이 인정해야 하고, 본받아야 할 가치가 있는 것이라면 기꺼이 본받아야 한다. 또한 어떤 것도 뽐내지 않는 겸손의 미덕을 지녀야 한다. 하지만 무엇보다 필요한 것은 균형감과 정의로움이다. 무엇이 보편적으로 좋은 것이고 무엇이 우리에게 적합한 것인지 판별할 수 있어야 하며, 우리에게 즐거움을 주는 것에 우리가 자연스레 끌려가는 성향을 이성적으로 관리할 수 있어야 한다. 우리가 본연의 재능만으로 또한 주어진 의무에 충실함으로써 다른 사람보다 뛰어나고자 한다면 본연의 모습을 그대로 드러낼 것이기 때문에 취향에서나 행동에서나 거짓된 면이 없을 것이다. 그리고 우리 눈에 보이는 대로 사물을 판단할 것이다. 달리 말하면 모든 편견을 버리고 이성적으로 모든 사물을 대할 것이다. 또한 세계관과 감정에도 균형감을 잃지 않을 것이다. 물론 취향도 습관적으로 다른 사람의 취향을 무작정 모방한 것이 아닌 우리 자신의 것이기 때문에 진실한 취향일 것이다.

사람들이 인정해야 할 것을 인정할 때 잘못을 저지르는 이유는 무엇인가를 자랑스레 드러내고 싶은 욕심 때문이다. 예컨대 사법관이 꿋꿋한 의지로 난해한 문제를 해결했더라도 그것을 자랑삼는다면 잘못된 것이다. 사법관이라면 단호한 면을 보이고, 반란이 일어난 경우 그 결과에 연연하지 않고 반란을 진압시켜야 하는 것은 당연한 의무이기 때문이다. 하지만 사법관이 사사로운 일로 결투를 벌인다면 그것이야말로 잘못된 일이고 세상의 웃음거리가 되어야 할 일이다. 여자라도 학문을 사랑할 수는 있다. 하지만 모든 학문이 여자에게 적합한 것은 아니다. 따라서 아무 학문에나 여자가 몰두하는 것은 합당한 일이 아니며 십중팔구 잘못을 저지르게 된다.

이성과 상식으로 사물의 값을 판단해야 한다. 그리고 이런 판단에 의해 결정된 취향을 바탕으로 사물에 합당한 가치를 부여할 수 있어야 한다. 하지만 거의 모든 사람이 사물의 값과 가치를 판단하는 데 잘못을 저지른다. 이런 착오는 언제나 거짓에서 비롯된다.

어떤 면에서 위대한 왕들은 가장 빈번하게 착각을 일으키는 사람들이다. 그들은 용기에서나 지식에서, 한마디로 인간이 지닐 수 있는 모든 장점에서 다른 사람들을 능가하고 싶어한다. 하지만 이처럼 다른 사람들을 능가하려는 취향은 누구도 성취할 수 없는 요원한 꿈이기 때문에 그 자체로 잘못일 수 있다. 진정으로 위대한 왕이라면 다른 목표를 지녀야 한다. 예컨대 다른 왕들만을 목표로 삼아 승부를 겨누었던 알렉산드로스 대왕을 닮아야 한다. 또한 그가 지키려 하는 왕권도 수많은 소중한 것 중 하나에 불과하다는 사실을 깨달아야 한다. 왕이 아무리 용맹스럽고 박식하고 선행을 베풀더라도 이 세상에는 그에 못지않은 자질을 지닌 사람들이 헤아릴 수 없이 많다. 따라서 세상 모든 사람을 능가하겠다는 욕망은 결코 성취할 수 없는 부질없는 욕망이다. 하지만 왕에게 주어진 진정한 의무에 열중하며 관대한 왕이 된다면, 위대한 통치자로서 아량있는 정치를 베푼다면, 정의와 자유를 사랑하는 왕이 된다면, 백성의 힘겨운 삶을 이해해서 무거운 짐을 덜어 주고 국가를 평화롭게 다스린다면, 그는 역사상 어떤 왕보다 위대한 왕으로 추앙받을 것이다. 그의 정의로운 꿈에는 진실과 위대함만이 있을 것이다. 세상의 모든 사람을 능가하겠다는 꿈도 부질없는 꿈이 아닐 것이다. 위대한 왕이 되고 싶다면 이런 경쟁심을 불태워야 하지 않겠는가! 그래야 진정한 명예를 드높일 수 있을 테니까.

6

사랑과 바다에 대하여

사랑과 바다의 변덕스러움에 대하여 표현해 보려 했던 사람들은 곧잘 사랑을 바다에 비유하면서 많은 것을 말했기 때문에 더 이상 덧붙일 것이 없을 지경이다. 그들의 표현에 따르면 사랑과 바다는 잠시도 마음을 놓을 수 없는 변덕스런 것이며 장점도 헤아릴 수 없이 많지만 단점도 그에 못지않게 많다. 또한 가장 행복한 항해의 순간도 온갖 위험을 각오해야 하고, 폭풍과 암초가 곳곳에 도사리고 있으며 때로는 항구에서 좌초되기도 한다. 이처럼 그들은 사랑을 바다에 비유하며 희망과 두려움에 대해 많은 것을 말했지만, 내 생각에는 무력증에 빠진 따분한 사람과 그 종말에 대해서, 또한 사랑의 과정에서도 닥칠 수 있는 권태로운 평온함에 대해서는 충분히 말한 것 같지 않다. 누구나 오랜 항해에는 지치게 마련이다. 따라서 서둘러 항해를 끝내고 싶어한다. 육지가 저 앞에 보이지만 바람이 부족해 육지에 다다를 수가 없다. 그 와중에도 모진 풍랑과 싸워야 한다. 질병과 무력감에 선뜻 움직이기도 힘들다. 물과 식량이 바닥나고 취향도 변한다. 외부에 구원의 손짓을 보내 보지만 쓸데없는 짓이다. 낚시질을 해서 물고기를 낚아 올린다. 그것으로 배를 채우기는 힘들다. 마음의 위안을 얻기는 더더욱 힘들다. 마침내 눈에 보이는 모든 것에 싫증을 낸다. 언제나 똑같은 생각으로 살아간다. 언제나 근심에 사로잡힌 모습이다. 매일 똑같은 망망대해, 아니 똑같은 얼굴을 볼 수밖에 없다. 살아있는 것이 원망스러울 지경이다. 고통스럽고 따분한 상태를 벗어날 꿈을 키워보려 하지만 부질없는 꿈일 따름이다.

7

질투의 불확실성에 대하여

질투에 대해 깊이 생각할수록 바람직하지 않은 것으로 보였던 면들이 다른 얼굴을 띠게 된다. 상황을 약간만 바꿔 보아도 질투의 나쁜 면들이 달리 해석되며 새로운 무엇인가를 드러낸다. 이 새로운 것들이 우리가 충분히 목격해서 판단내린 것을 다른 시각에서 재해석하게 만드는 것이다. 하나의 고정된 생각에서 벗어나려 애쓰면서 어떤 것에도 애착을 갖지 않는다. 뚜렷하게 대비되는 것과 아무런 특징도 없는 것이 동시에 드러난다. 증오와 사랑의 선을 분명하게 긋고 싶지만 증오하면서 사랑하고 사랑하면서 증오한다. 모든 것을 생각하고 모든 것을 의심한다. 그리고 모든 것을 생각하고 모든 것을 의심했던 것을 부끄럽게 여기고 원망까지 한다. 분명한 생각을 갖기 위해 끊임없이 노력하지만 결코 그런 지경에 이르지 못한다.

시인이라면 이런 과정을 시시포스의 고통에 비유했을 것이다. 시시포스는 험한 길을 따라 바위를 힘겹게 끌어올리지만 바위는 속절없이 산 아래로 굴러 떨어진다. 우리 신세가 시시포스와 다를 바가 없다. 저 앞에 산의 정상이 보인다. 우리는 산의 정상을 향해 힘차게 올라간다. 희망을 품고 올라가지만 정상에는 결코 다다를 수 없다. 마침내는 꿈을 가질 수 없는 지경에 이른다. 진정으로 두려워해야 할 것이 무엇인지도 모를 지경에 이른다. 이렇게 우리는 불확실성의 노예가 된다.

8
사랑과 삶에 대하여

사랑은 우리 삶의 한 모습이다. 사랑과 삶은 똑같은 변화를 겪기 때문이다. 젊은 시절은 즐거움과 희망으로 가득하다. 사랑하는 자체를 행복해하듯이 젊음 자체를 즐긴다. 이런 행복은 우리에게 다른 행복을 추구하도록 자극한다. 우리는 더 확실한 것을 원한다. 현재의 상태가 지속되는 것에 만족하지 않는다. 더 나은 방향으로 발전하기를 원하고 행복이 영원히 지속되기를 바란다. 그래서 성직자에게 도움을 청한다. 우리가 원하는 것을 다른 사람이 요구할 때 참을 수 없다. 그 때문에 경쟁심이 생긴다. 힘든 고통이 따르지만 행복이 무르익어 가면서 고통은 잊혀진다. 모든 열정이 채워지면서 행복이 조만간에 끝날지도 모른다는 사실을 잊고 지낸다.

그러나 이런 행복이 오래 지속되는 경우는 무척이나 드물다. 행복은 새로운 것의 아름다움을 오랫동안 간직하지 못한다. 그래서 원하는 것을 손에 넣기 위해서 우리는 끊임없이 갈구한다. 우리는 주변에 널려있는 것에 익숙해진다. 그래서 과거와 다름없는 것이지만 그 가치가 달라진다. 우리가 그것에 쏟는 관심도 시들해진다. 우리는 이처럼 우리 자신도 인식하지 못하는 사이에 조금씩 변해 간다. 우리가 손에 넣은 것은 우리 자신의 일부가 된다. 그것을 잃을지도 모른다는 생각에 노심초사한다. 하지만 그것을 소유하고 있다는 것에서 더 이상 즐거움을 느끼지 못한다. 즐거움이 시들해진다. 따라서 우리는 새로운 것에서 즐거움을 찾으려 애쓴다. 이런 변덕은 시간의 조화이다. 시간은 우리가 인식하지 못하는 사이에 우리의 삶과 사랑에 영향을 미친다. 시간은 매일 조금씩 우리에게서 젊음과 즐거움을 빼앗아 가고 그 매력을 갉아먹는다. 따라서 우리는 좀더 신중하게 처신한다. 열정을 다독거리며 억제한다. 사랑은 더 이상 그 자체로 존재하지 않는다. 색다른 것에 구원의 손길을 내민다. 사랑의 이런 상태는 세월의 힘을 그대로 보여 준다. 이제 사랑을 어디에서 끝내야 할 것인가? 하지만 우리에게는 사랑을 의지로 끝낼 힘이 없다. 생명의 불꽃이 죽어 가듯이 사랑도 죽어 간다. 이제 우리는 즐거움을 얻기 위해 살아가는 것이 아니다. 고통을 이겨 내기 위해 살아갈 뿐이다. 질투와 의혹, 버림받을지도 모른다는 두려움은 사랑의 열정이 시들해지면서 필연적으로 수반되는 고통이다. 평생 동안 따라다닌 고질병처럼 우리를 괴롭힌다. 온몸이 아파오기 때문에 살아있는 것을 느끼고, 사랑의 고통으로 사랑한다는 것을 느낄 뿐이다. 이런 무력감에서 벗어날 수 있는 유일한 방법은 원망과 눈물이다. 노쇠에 따른 온갖 영향 중에서 사랑의 무력증만큼 우리에게 고통을 안겨 주는 것은 없다.

9

은퇴에 대하여

노인이 사회에서 은퇴할 수밖에 없는 당연한 이유가 있겠지만 그 모든 이유를 여기에서 자세하게 설명하려면 장황한 수다를 늘어놓게 될 듯하다. 대부분의 동물이 그렇듯이 사람도 나이를 먹으면 성격과 얼굴이 변하고 신체 기관도 약해지기 때문에 다른 사람들과 교제가 조금씩 줄어들게 마련이다. 또한 이성적 판단이 줄어들고 그 자리를 자존심과 크게 다르지 않은 오만이 차지한다. 따라서 다른 사람들은 즐거워하는 일에도 노인은 쉽게 즐거워하지 않는다. 오랜 삶의 경험 덕분에 모든 사람이 젊은 시절에 원하는 것의 가치를 알고 있고, 그것을 .더 이상 즐길 수 없다는 것도 알고 있기 때문이다. 성공과 즐거움과 명성, 그리고 신분 상승을 위해 젊은이들에게 열려 있는 다양한 길들이 노인들에게는 막혀 있다. 여기에는 운명의 힘도 작용하겠지만 그들의 기력도 문제다. 물론 다른 사람들의 시기와 부정한 대우에 의해서 새로운 도전이 불가능할 수도 있다. 게다가 노인이 되어 자칫해서 방향을 상실하면 그 길로 되돌아오는 과정은 너무도 길고 험난하다. 이런 어려움을 노인이 극복하기란 쉽지 않아 보인다. 극복하겠다고 결심하더라도 나이가 쉽게 허락하지 않는다.

노인들은 우정에도 무감각해진다. 나이가 먹도록 진정한 우정을 경험하지 못한 까닭도 있겠지만, 우정을 배반할 시간이나 기회를 갖지 못한 채 죽어 가는 많은 친구를 보았기 때문이기도 하다. 그래서 죽은 친구들이 남아 있는 친구들보다 더 진실한 친구들이었을 것이라고 쉽게 생각해 버린다. 또한 노인들은 젊은 시절 그들의 상상력을 채워 주었던 것들에도 관심을 보이지 않는다. 명예에도 유혹되지 않는다. 그들이 얻었던 명예마저 세월과 더불어 시들해져 버렸기 때문이다. 그렇다. 사람은 나이를 먹어 가면서 명예를 얻기보다는 이미 얻은 명예마저 하나씩 잃어 가는 것이다. 노인은 매일 자신의 일부를 상실해 가는 존재다. 그들에게는 현재 지닌 것마저도 충분히 즐길 만한 시간이 남아 있지 않다. 그들이 원하는 것을 성취할 시간은 더더욱 없다. 그들 앞에는 슬픔과 질병과 쇠약이 남아 있을 뿐이다. 그들의 눈에도 모든 것이 보이지만 특별히 새롭고 아름답게 보이는 것은 없다. 사물을 올바르게 관찰할 수 있는 시점에서 세월이 그들을 멀리 떼어 놓은 것이다. 세상에서 용납되는 노인은 그나마 행복한 사람이다. 그렇지 못한 노인들은 경멸의 눈총을 견디어야 한다. 그들이 선택할 수 있는 최선의 길은 그동안 한껏 노출되었던 세상에서 몸을 감추는 것이다.

노인은 헛된 욕망의 허무함을 깨닫고 말없는 대상, 감각이 없는 대상에 관심을 기울인다. 건물, 농사, 절약, 연구 등이 그것이다. 이 모든 것이 그들의 의지에 달려 있다. 그들의 기호에 따라 무엇이든 선택할 수 있고 무엇이든 버릴 수 있다. 온갖 계획을 세울 수도 있고 어떤 일이라도 할 수 있다. 그들이 원하는 것이라면 무엇이든

시도해 볼 수 있다. 세상의 굴레에서 해방되어 모든 것을 그의 뜻대로 할 수 있기 때문이다.

지혜로운 노인은 남은 시간을 개인적 구원의 시간으로 활용한다. 이 땅에서 아주 짧은 시간만이 남아 있기 때문에 더 나은 세계에 들어가고자 노력한다. 하지만 지혜롭지 못한 노인은 비참한 신세를 한탄할 뿐이다. 노쇠해진 몸을 핑계삼아 조금이라도 휴식이 허락되면 그것을 행복으로 여긴다. 그들과 마찬가지로 기력을 잃었지만 그래도 그들보다는 지혜로운 본능 덕분에 무엇인가를 원하는 욕망의 고통에서 벗어난다. 결국 그들은 세상을 잊고, 세상도 그들을 잊는다. 은퇴와 더불어 허영심까지 줄어 든다. 권태와 불확실과 무력감으로, 때로는 신앙심으로, 때로는 이성의 힘으로, 하지만 대부분의 경우에는 습관의 관성으로 그들은 따분하고 지루한 삶의 무게를 지탱해 나간다.

우리는 진정으로
어떤 존재일까?

　부자는 더 부자가 되고 가난한 사람은 더 가난해지는 세상이다. 금융자본이 세상을 지배하고 경제의 세계화가 가속화되면서 나타나는 현상이라고 말한다. 그러나 소위 '워싱턴 컨센서스'라 불리는 신자유주의가 처음 대두되었을 때, 정치 지도자와 기업계 지도자들은 거꾸로 말했다. 신자유주의로 범세계적인 자유무역을 취하게 되면 경제 규모가 확대될 것이고 그렇게 확대된 경제 성장의 혜택이 모두에게 골고루 돌아가 세계인 모두가 부자가 될 것이라고 말했다. 그러나 현실로 나타난 현상은 정반대였다. 모두가 속은 셈이다.

17세기에 프랑스의 한 모랄리스트가 있었다. 그는 프랑수아 드 라로슈푸코François de La Rochefoucauld였다. 귀족가문의 아들로 태어난 까닭에 장밋빛 장래가 보장되었지만 정치적 음모에 휘말려 파란만장한 삶을 살아야 했다. 그리고 40대 후반에 정치계에 염증을 느끼고, 어쩌면 정치적 야심을 버리고 은퇴한다. 그후 인간 심성에 대한 사색과 성찰로 시간을 보낸다. 그렇게 해서 탄생한 작품이 《잠언과 성찰》이다. 이 책은 그후 유럽 여러 나라에서 정정되고 추가되어 최종적으로 504개의 잠언으로 정리되었다. 이 책은 1946년에 에디시옹 마르끼Editions Marquis에서 출간된 것을 번역한 것이다.

라로슈푸코가 글을 시작하기 전에 던지는 화두가 충격적이다. "우리의 미덕은 대개의 경우 위장된 악덕에 불과하다!" 결국 인간의 행위는 이기심을 감춘 행위라는 것이다. 요즘 시대로 말하면 신자유주의를 주장한 워싱턴 컨센서스도 그런 것이고, 그런 주장에 유혹되어 자유무역에 희망을 걸었던 우리도 마찬가지다. 모두가 자신에게 돌아올 작은 이익을 바라고 행동했던 것이다. 하기는 개인적 이익을 바라지 않는 사람이 어디에 있겠는가.

글 전체에서 염세적인 분위기가 읽혀진다. 제목에서 암시하듯이 도덕적 성찰이다. 인간의 심리를 꿰뚫어 보면서 고발한다. "그래, 이게 바로 내 모습이야!" 하면서 무릎을 치게 만든다. 때로는 반反여성적인 글도 있다. 요즘 여성에게는 분노를 살 만한 글이다. 하지만 시대를 초월해서 인간의 진면목을 드러내 주는 글의 모음이다. 고발하는 글은 반성을 요구한다.

프랑스 귀족들에게는 문장紋章이란 것이 있었다. 나는 라로슈푸코의 잠언을 번역하면서 그 가문의 문장을 보았다. 가로 줄무늬는 은색과 하늘색이다. 정작 이상한 것은 소위 갈매기 문양이라고 불리는 것이다. 세 개가 있다. 그런데 가장 위의 것이 이상하다. 아래 둘과는 달리

de La Rochefoucauld

Barelé d'argent et d'azur, à trois chevrons de gueules, celui du chef écimé, brochants sur le tout.

꼭지가 사라졌다. 궁극에서는 모나게 행동하거나 생각지 말라는 뜻일까? 가로 줄무늬와 선을 같이한다. 이해와 관용을 뜻하는 것일까? 많은 생각을 하게 만드는 문양이다. 마치 라로슈푸코의 삶을 떠올려 주는 문양이다.

도덕률이 시대를 초월한다고 말할 수는 없다. 시대에 따라 도덕률은 변한다. 하지만 옛것에서 배울 것은 있다. 성경은 "새 술은 새 부대에 담으라."고 말한다. 새 대통령이 취임한 요즘에도 이 말이 주변에서 자주 들린다. 그런데 새 술은 가능하겠지만 새 부대까지 가능할까? 현재의 부대는 전통이고 관습이기 때문이다. 전통을 완전히 부인하는 민족이 가능할 수 있을까?

생극에서 강주헌

지은이

프랑수아 드 라로슈푸코 François de La Rochefoucauld

1613년 파리 출생. 청장년기를 음모와 야심이 판치는 전장과 궁정에서 보내며 파란만장한 반생을 보냈다. 정치계에 염증을 느끼고 40대 후반부터는 살롱을 출입하며 라파예트 부인, 세비녜 부인 등과 우정을 나누었고 사색과 저술 활동을 하며 만년을 보냈다.

인간 심성에 대한 사색과 성찰로 1665년 《잠언과 성찰》을 집필하였고 생전에 5판까지 거듭했는데, 신랄하고 염세적인 시선으로 인간 심리와 미묘한 심층을 날카롭게 파헤쳤다. 그는 '가장 흔히', '거의 언제나', '때로는', '보통', '일반적으로', '대개' 라는 부사어들을 끊임없이 사용하며 결코 절대적인 것으로 강요하지 않고, 사람들 모두가 하잘것없는 존재가 아니라는 점을 분명히했다.

인간성 탐구자로서 모랄리스트인 라로슈푸코는 1680년 67세로 생을 마감하였다.

옮긴이

강주헌

언어학 박사. 한국외국어대학교 불어과를 졸업하고 동 대학 대학원에서 석사 및 박사 학위를 받은 후 프랑스 브장송 대학에서 수학하였다. 지금 가장 활발하고 뛰어난 번역 활동으로 주목받고 있는 번역작가이며 저술가이다.

대표적인 역서로는 《노스트라다무스의 대예언》, 《모나리자는 원래 목욕탕에 걸려 있었다》, 《초월적 세계를 향한 관념의 역사》, 《금성ㆍ화성ㆍ말데크로의 기억여행》, 《그림만 보고 알 수 없는 액자 밖 화가 이야기》, 《좋은 아빠가 되기 위한 1분 혁명》, 《작은 그리스도 C.S.루이스》, 《백만장자처럼 생각하라》, 《바빌론 부자들의 돈 버는 지혜》, 《내 인생을 바꾼 스무살 여행》, 《당신 안의 기적을 깨워라》, 《사진과 그림으로 보는 건축의 역사》, 《촘스키, 누가 무엇으로 세상을 지배하는가》 등이 있다.

라로슈푸코의 잠언과 성찰

인간의 본성에 대한 풍자 511

초판 1쇄 발행 2003년 4월 14일
재판 1쇄 발행 2016년 6월 15일

지은이 | 라로슈푸코
옮긴이 | 강주헌
펴낸이 | 한순 이희섭
펴낸곳 | (주) 도서출판 나무생각
편집 | 양미애 양예주
디자인 | 오은영
마케팅 | 박용상 이재석
출판등록 | 1999년 8월 19일 제1999-000112호
주소 | 서울특별시 마포구 월드컵로 70-4(서교동) 1F
전화 | 02) 334-3339, 3308, 3361
팩스 | 02) 334-3318
이메일 | tree3339@hanmail.net
홈페이지 | www.namubook.co.kr
트위터 ID | @namubook

ISBN 979-11-86688-48-9 03860

국립중앙도서관 출판예정도서목록(CIP)

인간의 본성에 대한 풍자 511 / 지은이: 라로슈푸코 ; 옮긴
이: 강주헌. ── 서울 : 나무생각, 2016
    p. ;   cm

원제목: Réflexions ou sentences et maximes morales
원저자명: François de La Rochefoucauld
프랑스어 원작을 한국어로 번역
ISBN 979-11-86688-48-9 03860 : ₩12000

격언[格言]

868-KDC6
848.4-DDC23   CIP2016013021